LA VIE DEVANT MOI

www.editions-jclattes.fr

Colombe Pringle

LA VIE DEVANT MOI

JC Lattès

Couverture : Didier Thimonier
Illustration : © Hélène Tran

ISBN : 978-2-7096-4921-6

(Première édition : janvier 2016)

À Flora,
à Kitty et à Nicole,
et à Benoîte

« Saisis de chaque instant la nouveauté irressemblable. »

André Gide, *Les Nourritures terrestres*.

1.

Maman, t'inquiète

On va te mettre dans un café en attendant

New York. 23 décembre 2013. À l'angle de la 3e Avenue dans un de ces gigantesques multi-complexes. C'est le jour de la sortie du dernier film de Scorsese, *Le Loup de Wall Street*. On a atterri la veille avec mes enfants, Merry et Melchior, et ma nièce, Zoé, pour fêter Noël avec Simon, leur cousin et frère qui bosse ici depuis deux ans. On se sent un peu décalés tous les quatre, en tous les cas je le suis, et j'adore cette impression de flottement du premier jour ailleurs après un long vol. On avait prévu d'arriver assez tôt pour être sûrs d'avoir des places à la séance de quatorze heures mais déjà la queue est imposante, quasi rédhibitoire à mes yeux, piétiner me barbe. D'ailleurs si ça ne tenait qu'à moi, je ne me serais pas précipitée pour m'enfermer dans une salle de cinéma, surtout en plein jour, dès le lendemain de mon arrivée. Mais les enfants, eux – je continue et j'aime dire « les enfants » pour parler des miens et de ceux de ma sœur alors qu'ils sont tous majeurs et au-delà –, sont impatients d'être parmi les premiers à avoir vu le film. Et partager leur excitation me plaît. Alors pendant qu'ils font la queue pour les billets je cherche où m'asseoir dans cet immense hall grouillant de monde. Par chance, près d'un distributeur de boissons un bout de banquette se libère. Pas follement confortable mais assez pour attendre, posée sur une fesse, en m'amusant à écouter les conversations de mes voisines. Vue de loin, adossée au mur, embrumée par le jet lag, je dois avoir l'air paumée au milieu de la jeunesse joyeuse en cette veille de Xmas car voilà Merry qui s'approche avec son joli sourire.

— Maman, t'inquiète, on va te mettre dans un café en attendant.

— Pas de problème, mon amour, tout va bien. Je me suis mise là pendant que vous faites la queue. En plus, les cafés à New York il n'y en a pas trente-six à chaque coin de rue et ça pèle dehors.

Rassurée, Merry rejoint la bande mais moi, je reste avec sa petite phrase. *Te mettre dans un café* ? Comme un paquet qu'on dépose à la consigne pour se sentir plus léger ? Peut-être que je les encombre. Ou alors, c'est eux que ça « inquiète » de me voir flanquée là, vaguement amorphe ? Du coup, je retrouve mes esprits. En fait, le film de Scorsese, je m'en tape. Deux heures sur les traders de Wall Street avec un décalage horaire dans les pattes, c'est long. Trop long. En plus, si je m'ennuie, je risque de m'endormir et, pis, de ronfler. Oui je sais, c'est moche mais ça m'arrive, dixit mon fiancé quand je m'assoupis sur le journal. Mais bon, ça reste entre lui et moi, c'est l'avantage d'avoir un amant de son âge parce qu'avec un plus jeune ce serait la honte. Même si, avec un fringant, lire au lit *Le Monde* ne serait pas exactement l'objectif premier, vient toujours un moment où l'on est crevé et où l'on s'endort et donc... Allez, basta, mieux vaut en rire, lève-toi et file !

— J'y vais, vous me raconterez. À ce soir ! *Love and Enjoy !*

Et me voilà, remontant Madison Avenue d'un pas allègre. Ravie à l'idée de retrouver ma chambre du Mark Hotel où je me suis endormie, rrrrrr – m'en fous, je suis seule – sur le *New York Times* en cherchant les expos, rrrrr… Le soir, toute requinquée, j'ai retrouvé mes jeunes un peu déçus par le film au bar de notre hôtel pour quelques verres de chardonnay avant de sortir dîner tous ensemble. Trop gai, comme ils disent.

Trois jours plus tard, dans l'avion du retour, fuyant la mascarade du réveillon pour me réfugier à Biarritz le temps d'une mini-cure avec room service le soir du 31, revoilà le « maman, t'inquiète » comme une comptine qui me turlupine. Mais pourquoi cette petite phrase de ma fille me trouble-t-elle encore ? Qu'elle m'ait touchée, OK, c'était tendre et attentionné, et je comprends qu'elle s'étonne, je me pose rarement. Mais de là à me prendre en charge ?

J'ai alors essayé de me souvenir de ma mère au même âge. Pas si évident. Au fond, on s'en fout de quand et du quoi de la vie de ses parents, sauf si c'est en rapport avec nous, du genre quel âge j'avais quand ils ont divorcé ou quelle année mon père a vendu notre appartement pour s'installer rive droite avec sa belle pas si belle, enfin à mes yeux de jeune garce. D'ailleurs, j'ai toujours un doute sur l'année de naissance de Mummy, je sais qu'elle avait huit ans de moins que Daddy, né en 1916, je crois, mais comme je suis nulle en calcul mental, je me goure chaque fois. Je sais aussi qu'elle m'a eue quand elle avait vingt-deux ans parce que j'avais le même âge quand Éloi, mon premier fils, est né – mais en l'occurrence ça ne m'aide pas vraiment. Non, ce dont je cherche à me souvenir, c'est vers quel âge – soixante-cinq ? soixante-huit ? soixante-neuf ? soixante-dix ? – j'ai commencé à être attentive aux marches et au portail de la rue de Bourgogne devenu trop lourd pour elle, aux intonations de sa voix qui me révélaient une lassitude inhabituelle quand elle habitait encore Londres, parfois même une confusion diffuse lors de nos rendez-vous téléphoniques du dimanche soir. Et quel était l'été où j'avais remarqué cette fatigue sur son visage dont elle ne se défaisait plus tout à fait, même « brunie » comme disait Mummy pour bronzée ?

Pendant longtemps, si longtemps, dans une exquise insouciance, je m'étais laissé porter, protéger, rassurer, réconforter par Mummy. Et puis un jour – mais quand ? –, imperceptiblement quelque chose avait commencé à changer, longtemps avant de basculer définitivement dans le cauchemar de sa mémoire perdue. Ce n'était pas sa maladie, pas encore. Ni la vieillesse, trop tôt. Et même si Mummy semblait toujours aussi vaillante que voyageuse et joyeuse, et même si, en inconditionnelle de Colette, elle disait travailler à sa biographie de Sido dont elle promenait partout avec elle son « manuscrit », un je ne sais quoi m'avait alertée et fait devenir plus attentive à elle. Autrement.

Les « enfants » auraient-ils à leur tour senti ce quelque chose qui serait les prémices de ce moment de la vie où l'on réalise soudain que nos père ou mère ne sont pas immortels avant que les rôles s'inversent progressivement pour se retrouver immanquablement, sauf en cas de disparition précoce ce qui n'est pas plus gai, les parents de ses parents ? Cela s'appelle grandir pour de vrai mais c'est beaucoup trop tôt pour mes enfants. Et pour moi donc ! Même si je me suis juré de partir avant les dégâts, facile à dire quand c'est encore loin et qu'on va bien.

Mais qu'est-ce qui me prend ? Tout ça pour une histoire de décalage horaire et de coup de mou ? Ça ne va pas. Il faut te ressaisir ! Tu n'en es pas là. On n'est pas en train d'écrire le début de la fin. Merry t'a juste proposé d'aller t'asseoir dans un café pour être plus confortable, pas de te « mettre » dans une « Maison » ! Aïe ! Voilà, c'était donc ça. C'est vrai, avec ma sœur, on a dû s'y résoudre pour protéger Mummy quand les brumes se sont emparées de son esprit bien avant que la vie ne la quitte, et ce n'est pas un bon souvenir. Mais l'histoire n'est pas obligée de se répéter et on n'est pas obligé non plus de mourir au même âge que ses parents ni de la même façon. Même si le fait que ma grand-mère anglaise, puis mon père et enfin Timothy, mon frère, soient morts l'année de leurs soixante-cinq ans m'a longtemps angoissée. Je fume moins qu'eux, encore que c'est à voir. Je bois moins, c'est tout vu mais la menace était là. Depuis que j'ai dépassé de peu ce chiffre fatidique de notre mythologie familiale côté british, chaque année est cadeau. Alors vite une gorgée de champagne et par pitié M. Alzheimer, oubliez-moi puisque c'est l'héritage côté Flora. Et t'inquiète, ma jolie Merry, trois jours de cure et j'aurais retrouvé ma forme pour plus de dix ans !

2.

Et maintenant vous faites quoi ?

On ne vous voit plus

La première fois, c'était dans le bus. Une dame m'a souri genre on se connaît. Je lui ai répondu en esquissant une mimique même si je savais que non. C'est l'effet « vu à la télé » que j'ai découvert sur le tard. Même novice, on n'est plus une inconnue. Et c'est souvent l'occasion de rencontres très sympathiques qui vous boostent le moral. Profitant d'un mouvement de foule, elle s'est approchée pour me demander gentiment :

— Excusez-moi mais vous ne seriez pas… ?

— Euh… oui, bonjour.

— Et maintenant vous faites quoi ? On ne vous voit plus…

Des mois plus tard, un samedi après-midi de mai, chez Gap. J'achetais un maillot de bain pour Melchior alors que Kate, – la duchesse de Cambridge, épouse du futur roi d'Angleterre et non pas la future reine, qui connaît ses classiques comprendra –, la très convenable *Miss Perfect* qui fait tout tellement bien depuis sa première apparition publique, venait d'accoucher d'une princesse. Hourra ! Une toute petite dame charmante, à peu près de mon âge, avec son mari pas très grand non plus qui hésitait entre une chemise en jean ou en oxford, s'est approchée de moi :

— Alors, ça y est ! Et c'est une fille ! Après le prince George, c'est le choix du roi ! J'aime beaucoup vos interventions à la télé mais vous faites quoi maintenant ? On ne vous voit plus...

Et pour cause. Je n'y étais plus, à *Point de Vue*. Plus non plus à La Nouvelle Édition sur Canal +. J'avais rendu couronne et oreillette. Quant à C dans l'air, émission phare que j'ai toujours plaisir à suivre et à laquelle j'ai été ravie de participer, il n'y a plus de raison qu'Yves Calvi m'y invite n'ayant pas de point de vue attitré à partager. Et si radios ou télés me proposent encore de venir commenter en direct ces événements princiers qui enchantent les fous des rois, ne suivant plus ces affaires de près ni de loin d'ailleurs, je décline. Pas question non plus d'endosser un rôle de chroniqueuse royale sur le retour, les monarchies ne m'intéressent pas vraiment et je n'aurais pas les connaissances requises. C'était *Point de Vue* que j'aimais et son gang d'experts sérénissimes qui m'ont ouvert les grilles des palais. Mais en les quittant, j'ai refermé la porte sur ce monde de diadèmes et de blasons.

Reste que cette question du « et maintenant vous faites quoi ? » met le doigt sur le moment clé de l'avant/après, ce passage entre hier et aujourd'hui, entre faire et être qui prend toute sa réalité lors d'événements où l'on croise des vieilles connaissances – hélas, plus souvent à des enterrements qu'à des mariages, ou, plus léger, à l'occasion d'un dîner en ville.

Cela m'est arrivé l'autre soir. Un flirt m'avait invitée à l'accompagner chez un couple de ses amis, je me suis laissé embarquer avec plaisir. Douze à table, cinq jolies femmes pimpantes et bienveillantes. Je connaissais déjà l'hôtesse au beau regard et à la silhouette gracieuse du temps de ma vie de « jeune » remariée. Je reconnus aussi la superbe gigue en leggings panthère, croisée ici ou là depuis mes années *Vogue*. La troisième, en revanche, mutine aux cheveux d'argent, ne me rappelait rien – elle travaillait pourtant dans la même agence de publicité que le père de mon fils aîné ; c'était il y a plus de quarante ans. Surprises de nous retrouver là sans vraiment se connaître, mais néanmoins curieuses, nous voilà échangeant des « tu en es où ? ». Retraitée depuis peu, vivant seule et son fils unique ayant terminé ses études, elle se préparait à déménager – pas si facile après trente ans dans le même endroit. D'autant qu'il s'agissait aussi de réduire son train de vie. Du coup, elle occupait ses journées à trier son passé – « que garder ? que jeter ou vendre et quoi donner ? » – et l'évoquait avec panache. La suivante, figure brillante du monde de l'art, continuait à s'intéresser de près au sujet mais avait fermé sa galerie. La dernière, silencieuse, voyageait entre ici et là. Ne la connaissant pas, je ne savais pas ce qu'elle faisait « avant ».

Après mes départs concomitants de *Point de Vue* puis de Canal+, j'ai éprouvé une sorte de vertige du vide. Pourtant c'était l'été. Libérée d'une année intense, j'avais pris mon train pour la Provence, le cœur léger, pour retrouver ma complice Irène. Mais à peine ma valise déballée, un mal-être diffus s'était invité dans le paysage. Ni le rosé bien frais, ni le soleil, ni les délices de l'amitié ne parvenaient à le museler. Dépossédée de la perspective d'un retour aux habitudes, j'ai vite compris que lesdites vacances avec devant soi trois lundis, puis deux puis un avaient perdu de leur sens et une partie de leur charme. Se rendre aux Rencontres de la photo à Arles, visiter la Collection Lambert ou assister à des spectacles au Festival d'Avignon, alors qu'il n'était plus question d'écrire un article, de partager mes emballements ou de noter des idées d'interviews, tout ça était derrière moi. Je n'allais pas tarder à découvrir qu'il n'était guère plus facile de conjuguer rentrée avec retraite. Ni, après des années à me débiner sans culpabilité, d'être dorénavant considérée comme disponible par mon entourage.

— Maman, s'il te plaît, ça t'ennuierait de… ?

— Pas du tout, *my love*.

C'était autre chose qui m'ennuyait. « Retirée », rien que ce mot qui évoque une mise à l'écart se doublait de l'impression de ne plus exister puisque aux yeux des autres et des miens je ne « faisais » plus rien. Ce qui en dit long sur là où va se nicher l'idée de soi et donne à méditer sur la vanité des apparences dont j'avais ignoré la portée pendant toutes ces années. Aux prises avec mes tourments, je n'étais pas encore prête à ce retour sur moi. Même si je croyais avoir tout bien balisé, le passage du trop au rien ne fut pas aisé. Bien qu'intense et déstabilisante, troublante aussi, l'étape ne fut heureusement pas de longue durée.

Rien ne m'avait poussée à partir si tôt – enfin n'exagérons rien sur le « tôt » – mais à dix-huit ans, je ne rêvais que d'une chose : gagner ma vie pour être indépendante. À peine mon bac raté, j'ai négocié avec mes parents, qui n'étaient pas emballés, et je me suis lancée. Ils ne l'ont pas regretté, moi non plus même s'il me reste des gouffres de culture générale et la nostalgie de ne pas avoir fait d'études. J'avais donc « tous mes trimestres » et plus encore selon l'expression consacrée et surtout un désir tenace de vivre d'autres aventures. À force de dossiers « préparez votre retraite » à la une des magazines, de dépliants m'invitant à penser à investir pour mon avenir et de courriers récapitulatifs de la Sécurité sociale, j'avais confié mes paperasses au génial M. Grelou. Expert auprès des administrations concernées et doté d'un don de détective pour dénicher piges et salaires dans les recoins d'une carrière pas toujours linéaire, il m'a soulagée de cette chasse aux dates et cotisations qui gâchaient les week-ends de certaines de mes amies. Du coup, je le laissais faire sans y penser. Et vlan ! Quelques temps plus tard, c'était tombé par mail. Direct sur mon téléphone alors que je descendais le boulevard, nez en l'air, de bon matin. Comme un lundi, comme un mardi et compagnie depuis quasi dix ans, en route vers ma vie du jour. Avec ses rituels que seule la couleur du temps pouvait assombrir : douche avec Patrick Cohen, « bonjour et belle journée ! » au M. Kiosque du coin qui m'informait des ventes de la concurrence, métro serrée contre le *Libé* plié en deux à la page Portrait. Sortie Notre-Dame-de-Lorette, café à l'angle et première clope sur la terrasse avant de rejoindre mon bureau, porte fermée et fenêtre ouverte, où je fumais ma deuxième cigarette et pas ma dernière en parcourant la presse du jour. La journée pouvait démarrer. En relevant mes mails, je suis retombée sur la « bonne » nouvelle. « Nous vous rappelons qu'à partir de janvier votre retraite complémentaire sera versée au début de chaque mois et non plus chaque trimestre comme c'était le cas jusqu'à présent. » N'y étant pas encore, à la retraite, cette histoire de « complémentaire » ne me disait rien mais j'ai bien compris ce jour-là que mon présent appartiendrait bientôt au passé. Digérée la sensation première de vide émaillée d'instants d'exaltation ou d'indolence, puis étonnée d'être rémunérée pour avoir fait sans devoir faire, j'ai commencé à trouver un certain équilibre.

Depuis, malgré le moins de fric qu'en cigale j'avais négligé, mes jours et mes nuits n'ont jamais été aussi riches en temps perdu et retrouvé, en découvertes et nouveaux projets. Jusqu'aux insomnies dont je me moque, j'adore rallumer la lumière et lire sans m'inquiéter des heures de sommeil perdues. Et puis, *last but not least*, j'allais enfin pouvoir m'asseoir à ma table pour faire ce dont j'avais toujours rêvé le jour où. Écrire. Non plus des articles mais des histoires. Et aussi prendre le temps de trier, enfin, les archives de ma mère flanquées depuis des années dans un coin de ma cabane du potager. Pour le plaisir de me souvenir et de « l'entendre » en retrouvant son écriture ronde dans ses cahiers à spirale, ses manuscrits, ses paquets de lettres, ses brouillons et coupures de presse, ses notes conservées depuis son adolescence – Mummy gardait tout. Même si lire le journal de sa mère n'est pas facile, je l'avais fait après sa mort. J'avais toutefois vite arrêté, prise par un sentiment d'intrusion et de gêne en découvrant entre ses lignes une Flora si mélancolique. « C'est le propre des journaux d'y confier ses tourments et le pire de ses jours », m'a rappelé ma cousine Blandine. N'empêche, je n'étais pas prête pour ce voyage-là.

Un soir d'orage intérieur que j'imagine arrosé de whisky, à sa manière plus brutale et désinhibée, mon père avait commis un résumé de sa vie vite écrit au Bic bleu dans un cahier Clairefontaine à carreaux alors qu'il était en errance depuis que Mummy l'avait quitté – et par ailleurs fraîchement retraité, donc désœuvré, ce que je comprends mieux aujourd'hui. Des années plus tard, je l'avais retrouvé au fond d'une valise de vieux papiers, et lu ce qu'il n'avait jamais évoqué devant nous, à savoir sa guerre dans la Royal Navy. J'aurais aimé l'entendre m'en dire plus, mais je ne lui avais jamais posé de questions, ou lui les avait toujours évitées. J'y avais aussi appris ce que j'aurais préféré ne pas savoir de l'intimité de ses désirs et, accessoirement, du regard qu'il posait sur moi. Même si *a posteriori* et non sans m'y être attelée, ce fut libérateur.

Au-delà du tri des boîtes maternelles, chaque été je me promettais en vain de ranger enfin la bibliothèque, préférant me vautrer au soleil plutôt que de prendre le risque de me ramasser en grimpant sur une échelle. La retraite venant doublée d'une envie de grand nettoyage, j'ai fini par m'y mettre. Et c'est là, entre *Libido Omnibus et autres nouvelles du divan* de mon très cher François Gantheret et *Les Choses de la vie* de mon oncle Paul Guimard, mon sauveur un jour de fugue, que je suis tombée sur une édition originale sous papier cristal d'un roman de ma mère dont j'avais tout oublié, jusqu'au titre – je ne l'avais sans doute même pas lu en entier lors de sa sortie en 1981. Mummy piochant allègrement dans sa vie, donc celle de ses filles, j'avais tendance à m'y chercher entre les lignes, plus ou moins agacée de m'y trouver ou pas, au lieu de me laisser emporter par ses mots, son style, l'histoire – elle ne m'en a d'ailleurs jamais fait le reproche. C'est moi qui m'en fais aujourd'hui, à un âge pourtant avancé – mais je n'avais pas encore déposé mon barda sur le divan. En le parcourant à l'instant, j'ai découvert qu'elle y romançait son quotidien d'épouse de diplomate au côté de son nouveau mari – ceci explique aussi que je l'ai zappé. Son titre ? *Une vie n'est pas assez…* Raison de plus pour ne pas se la gâcher avec des regrets.

Alors voilà ce que je vais faire maintenant, lire enfin ce livre de ma mère. On grandit à tout âge, même à celui de la retraite !

3.

Longtemps j'ai voulu lui ressembler

Soixante ans plus tard, j'y suis presque

Petite, je rêvais d'avoir les mains de Kitty, ma grand-mère anglaise, ma préférée.

J'aimais ses taches et ses veines gonflées sous sa peau froissée.

J'aimais ses tailleurs masculins et ses clips au revers. Ses cheveux chinés gris sur sa nuque courte et ses yeux violets derrière des verres fumés. Ses souliers comme des gants sur ses longs pieds étroits et, l'été, sur la plage de galets à Brighton, ses pantalons à pinces en flanelle écrue et ses marinières en fil de coton aux bords côtes qui dessinaient sa taille.

J'aimais sa voix de fumeuse, ses bras tendres, les effluves poudrés de *Je reviens* de Worth, son parfum au flacon bleu, mêlés à celui sucré de ses cigarettes turques dans leur boîte en carton laqué où deux Spahis dessinés à la plume s'adossaient de part et d'autre de l'étiquette « Abdulla Turkish Plain N° 5 ».

J'aimais aussi ses amies en twin-sets, jupes de tweed et salomés en cuir aux bouts si lustrés qu'ils semblaient vernis. Ce sont elles qui m'ont appris à faire des patiences pour que je « *keep quiet* » (reste silencieuse) pendant qu'elles jouaient à la canasta des après-midi entiers dans leur club – depuis, je suis addict au Solitaire dont j'ai hélas téléchargé une Appli sur mon portable. Elles encore qui m'ont initiée au goût amer du ginger ale, mon *drink* de *big girl* à l'heure où elles prenaient leur premier sherry accompagné de ces *cucumber sandwichs* auxquels je ne résiste toujours pas même si je n'ai jamais retrouvé ce croquant de la tranche de concombre dans leur pain de mie attendrie par une fine couche de mayonnaise – peut-être moins une histoire de madeleine que de dents de lait.

Kitty avait eu deux maris. L'un, écossais, vite viré en pleine guerre de 14 pour avoir lors d'une permission giflé son fils unique à peine né. Elle ne l'a jamais revu, mon père non plus, adieu l'Écosse. L'autre, séduisant, fortuné et généreux qu'elle a pourtant refilé à l'une de ses connaissances, lassée par ses exigences sexuelles insatiables selon ses critères, qu'il a donc épousée tout en continuant à parler tous les jours à sa *beloved*. Kitty a alors définitivement tourné casaque pour rejoindre ses bonnes amies du Bloomsbury Group. Quelques années après sa mort, mon premier vrai chagrin, j'avais neuf ans et demi, Mummy m'a expliqué que Kitty préférait les femmes. Et que d'ailleurs c'était grâce à l'une d'elles, ma future grand-mère française, une goûteuse d'hommes qui taquinait le saphisme qu'elle avait rencontré mon père à la fin de la guerre.

L'histoire a tout d'un complot au féminin. Ma grand-mère anglaise avait délégué son fils pour apporter à Paris du café et un col de fourrure, denrées rares à l'époque, à l'amie chère d'une de ses chères amies, Madge Garland. Figure de la vie artistique londonienne et dernière maîtresse en titre de l'écrivaine Ivy Compton Burnett, photographiée par les plus grands – de Man Ray à Cecil Beaton –, celle-ci était alors rédactrice en chef du *Vogue* anglais avant de fonder plus tard la section Mode du Royal College of Art de Londres. Elle avait connu Nicole, ma grand-mère française, dans les années vingt, en venant assister aux présentations de la Haute Couture à Paris. Pour récupérer les précieux cadeaux lors d'un rendez-vous fixé au bar du Ritz, Nicole avait envoyé sa seconde fille en âge d'être mariée. Et comme dans un roman à l'eau de roses anglaises « c'est arrivé, je sais que je vous *love* », la jeune et si fraîche Flora avoue son coup de foudre dans son journal pour cet homme divorcé, déjà père, et de huit ans son aîné. Tandis que Benoîte, en sœur bientôt dépossédée de son « duo », lançait un « Tout fout le camp, Flora aime ! » dans la dernière page de leur *Journal à quatre mains*. Avant d'ajouter : « J'ai un grief contre cet homme [...] ce n'est pas à moi qu'il est venu demander ta main. » C'est ainsi que Madge est entrée dans notre famille, avant de devenir ma marraine. Autant de fées de l'amour qui ont bercé mon enfance et m'ont inspirée *for ever.*

Longtemps l'Angleterre a été mon paradis.

Londres, pour mes courtes vacances. Mais aussi le Cavendish Hotel à Eastbourne, pour les grandes que je passais avec Kitty et ses *girl friends,* seule enfant au milieu de ces figures singulières joueuses de ping-pong, chaperonnée par une nanny anonyme pour les soulager quand je « bougeais trop ».

À Paris aussi, j'adorais notre vie à l'anglaise entre *Mummy* ma mère si française, *Daddy* mon père *so british* et son fils Timothy, mon demi-*brother* de dix ans pile mon aîné et déjà en costume-cravate de pensionnaire. Nous passions d'une langue – la tendre, la maternelle – à l'autre – celle de l'amour entre eux, des *how to* paternels et des rituels du quotidien, de nos secrets dans l'autobus avec Mummy et des blagues pas toujours drôles de *Tim* à ses retours de Harrow, son collège.

— J'ai deux nouvelles pour toi, on va avoir un nouveau chien et un bébé, laquelle tu préfères ?

J'avais sept ans, je m'épargne ma réponse. Souvent seule à la maison jusqu'à la naissance de Vanessa, j'étais reléguée dans la *nursery* – selon le cliché *english* : « les enfants peuvent être vus mais pas entendus » – et interdite de salle à manger au-delà de l'âge de raison. Sauf certains samedis pour apprendre à bien me « tenir » à table. Du coup, je me réjouissais d'être conviée à partager l'atmosphère familiale des grandes tablées autour du rôti dominical chez Florence, ma « meilleure meilleure amie », ainsi que nos gloussements dans le noir, le samedi soir dans la chambre des filles. Dans celle des garçons, Yves, un de ses grands frères, m'a appris à danser le rock.

Fière d'être « à moitié anglaise », je l'étais aussi de mon passeport britannique qui me permettait de prendre l'avion « comme une grande » pour traverser la Manche à l'époque des avions à hélices, puis des premières Caravelle. Et peu m'importait les moqueries de mes camarades de Sainte-Marie-des-Invalides en classe de 9e pour avoir « tué Jeanne d'Arc », leurs roucoulades pas toujours tendres à cause de mon prénom, ou que mon nom – « *Ça* se dit comment ? Praingueule ou Prinegel ? » – soit « imprononçable » pour les maîtresses qui l'écorchaient à chaque début d'année scolaire – ou de changement d'école, j'ai souvent été virée. Au contraire, ces piques ont très tôt aiguisé mon esprit rebelle et ma double appartenance m'a portée à faire fi des conventions et à bousculer les codes des bonnes manières d'ici et là-bas pour m'inventer les miennes.

Longtemps j'ai voulu ressembler à Kitty.

Soixante ans plus tard, j'y suis presque.

J'ai déjà les taches sur les mains mais pas encore les veines. Des cheveux blancs mais je les cache. Des souliers plats de jour comme de nuit et l'été je porte encore ses marinières jaune pâle finement rayées de marron, ou inversement, qui ont résisté aux bourrasques du temps. Et si j'ai récemment laissé tomber la veste, c'est parce que j'ai changé de vie.

Quand j'étais un peu plus grande mais encore petite, Nicole, ma grand-mère française dont les robes étaient le métier, les voyantes sa passion, et la féminité son obsession, m'a dit : « Tu es bélier comme moi ! Tu dois porter du rouge ! Avec tes cheveux auburn, ta peau d'Anglaise et ton caractère, c'est TA couleur. Souviens-t'en pour plus tard ! » Si je n'ai pas oublié, je ne m'y suis pas pliée.

Là, en y repensant, c'est peut-être le moment de l'écouter. Et de lâcher le noir.

Fantasque et frondeuse, figure de la vie parisienne des Années folles, Nicole n'était pas non plus une grand-mère banale, loin de là. Mais malgré ses « mon petit cœur », les airs d'opérette qu'elle chantait à tue-tête, ses histoires de « la fille du roi de la mer » qu'elle me susurrait pour m'endormir quand mes parents étaient en voyage, ou ma nanny en congé, elle me faisait un peu peur. Elle avait des ongles telles des griffes laquées de rouge, des toques à aigrettes, des yeux bleu vif avides de beauté, brillants comme des billes. Et dans son sillage flottait le si capiteux *Habanita* de Molinard, son « parfum d'hiver », un concrète tenace qu'elle frottait le long de son cou et dans le creux de ses coudes. Je l'ai d'ailleurs adopté un temps, des années plus tard, même en été. Comme quoi…

Belle et flamboyante, Nicole ne passait pas inaperçue.

Un jour que nous descendions au rythme de son pas vif la rue de Bellechasse, moi dans mon kilt de la *Scotch House* dont je faisais fièrement valser les plis épais, elle enroulée dans son manteau de loutre ou de castor – je n'ai jamais su mais j'adorais y frotter mes joues, elle s'est fait apostropher par un peintre en bâtiment. Ni une ni deux, Nicole s'est retournée pour le remercier de la main. Gênée, j'ai piétiné.

— Il faut savoir accepter les compliments, un jour cela n'arrive plus d'être sifflée dans la rue et là, il n'y a plus de quoi sourire, m'a-t-elle fait remarquer, fine mouche.

Là encore, je n'ai jamais oublié. Même si avec le temps, les « hommages » se résument à un jeune homme qui se lève dans le bus pour me céder sa place, ce qui n'est pas si bon signe et nettement moins flatteur, je le prends du bon côté et avec le sourire.

Inventive mais pas si frivole malgré les apparences, faisant fi des conventions avec panache, son mari parti au front, en pleine guerre de 14, Nicole eut l'idée de créer des robes pour ses amies avant d'ouvrir sa maison de couture qui a connu son heure de gloire à partir des années vingt. « Nicole Groult, Robes Manteaux Modes, 29 rue d'Anjou, Paris » précisaient ses cartes de visite en papier Bouffon illustrées par Louis Süe puis par Marie Laurencin, son amie de cœur et plus encore.

Petite fille, certains jeudis tandis que Mummy aidait sa mère plus toute jeune à recevoir les « clientes » – en pionnière, Nicole a eu ses filles tard –, je passais l'après-midi aux côtés de Madame Alice, la première de l'atelier, à classer les liasses d'échantillons ou apprendre à coudre avec les chutes de tissus sur la Singer à pédale. Mais mon passe-temps favori était de récupérer à l'aide du gros aimant les épingles, surtout celles coincées dans les rainures du parquet, avant de les repiquer dans les pelotes de velours bleu qui servaient aux essayages. Mon goût pour les dessous et dessus de la mode est sans doute né là, aux pieds des tables à tréteaux de l'atelier.

Sœur du célèbre couturier Paul Poiret, son génial mais despote aîné lui avait interdit de signer ses créations de leur nom de famille pour éviter toute concurrence. Jeanne, leur autre sœur mariée au joaillier René Boivin et dont de nombreuses parures emblématiques sont nées sous ses crayons de couleur, avait elle aussi subi ce même traitement de défaveur. D'où notre mantra familial « garde ton nom », initié par Benoîte et Flora pour mener leur vie d'écrivaines. Et, de fait, je n'ai jamais « pris » celui de mes maris. Si j'ai aimé être la femme de, avec ce que cela évoque de sensuel et de festif, sous le terme « épouse de », je sens le joug du conjugal et des conventions lequel, en prime, fait valser le prénom de celles qui s'y plient au profit de celui de leur mari – et ce n'est pas le genre de la famille.

Femme émancipée quand il s'agissait de sa vie privée, adepte de l'amour libre surtout du côté des femmes, Nicole qui n'était pas une fan de « la chose » avec les hommes, même si elle eut aussi sa clique d'amants, fut obligée de se soumettre à ce droit de cuissage fraternel pour exister. Elle prit donc le patronyme de son mari, André Groult, ensemblier décorateur renommé à l'époque puis passé de mode dans les années cinquante et à nouveau admiré, mais trop tard pour qu'il se réjouisse de savoir que son chiffonnier en galuchat exposé au salon des Décorateurs en 1925 était entré dans la collection du musée des Arts décoratifs.

Nonobstant son audace et sa liberté revendiquée, Nicole fut aussi une mère nourricière qui a travaillé toute sa vie pour assumer plus que sa part du quotidien. Son couple traversant moult périodes creuses, elle a souvent tancé ses deux filles du risque d'aimer un artiste – « quand tu auras cinquante piges et que tu devras payer le gaz et l'électricité ! » – et avait baptisé leur caniche Fric – « Ça le fera venir » – tout en leur serinant de ne jamais « dépendre d'un homme », là encore, notre féminisme familial y puise peut-être ses origines.

Le rouge à lèvres, le vrai, c'est à ma mère que je le dois.

Un jour, tendrement mais sans rire, Mummy m'a suggéré : « À ton âge, tu devrais commencer à te maquiller. » J'avais quarante ans. J'ai souri mais, franchement, je n'ai pas compris. Aujourd'hui, je vois mieux ce qu'elle voulait me dire. Vient le moment où il n'est plus question de se priver des feux de l'artifice. Sans aller jusqu'au Rouge Baiser, j'ai toujours un tube de et un poudrier dans mon sac.

Mummy si douce, si ronde, si blonde, mère totale sans pour autant être femme au foyer, geisha d'un seul homme, gracieuse jusqu'à ce geste pour relever ses mèches en accroche-cœur, courant en talons trotteurs et se jetant sur son lit tout habillée pour lire de la poésie en croquant des chocolats. Mummy, gourmande et tendre, qui avait la larme facile et un autre défaut, elle chantait vraiment faux. Mummy, poudrée parfumée dans une de ses robes pour le soir aux décolletés révélateurs, qui venait furtivement dans ma chambre en plongeant de tout son poids sur mon lit pour me murmurer une histoire sans fin pendant que son mari s'impatientait dans le salon. Mummy tiraillée, parfois déchirée entre ses amours et ses désirs, devenait alors « Flôraaaa », femme fatale à l'heure dite du second whisky de mon père.

Et chaque matin, en chandail, jupe crayon et petit foulard de soie à son cou noué façon gondolier, Mummy retrouvait sa table dans la bibliothèque, son flacon d'encre bleu-noir, son stylo Parker orange à plume extra-large et son paquet de pages blanches pour son « rendez-vous avec moi-même » et redevenait Flora Groult.

Romancière à succès avec Benoîte, sa sœur, dès la parution de leur *Journal à quatre mains*, Mummy a pris son envol – littéraire, mais pas seulement – après *Il était deux fois*, leur dernier livre en duo au titre prémonitoire. C'est à ce moment-là de sa vie de femme qu'elle a changé de quartier, puis de mari – un Britannique encore, Irlandais cette fois, et diplomate – et avec lui de pays, passant par la Finlande et Israël avant de se poser à Londres.

Désespéré, mon père a alors erré.

Daddy était 100 % anglais, sauf pour ses voitures, bizarrement il n'aimait que les américaines dorées à la suspension molle qui me foutaient mal au cœur dans les tournants. Belle tête et grande gueule au charme irrésistible comme son accent, ceint dans ses costumes taillés au millimètre près, mon père sortait sans manteau tant qu'il ne gelait pas, chapeauté et accompagné de son *umbrella* noir, les imperméables, même un Burberry's, ce n'était pas sa tasse de thé. Il avait trois parapluies, identiques à mes yeux, pour le jour, le soir et la pluie, et s'il tombait des trombes et que ce n'était pas le bon, il ne l'ouvrait pas. Tout aussi excentrique qu'imprévisible dans ses colères comme dans ses élans de tendresse, plus déglingue qu'il n'y paraissait derrière son élégance sans faille et ses codes de *gentleman* banquier, généreux mais d'un égoïsme farouche en fils unique habitué à être vénéré, bien que follement *in love* de sa *Flôraaa* et si fier de son succès aux yeux de son monde, Michael s'est retrouvé quitté après des années d'une passion fidèle pour n'avoir pas supporté l'idée qu'en écrivant sa femme lui échappe.

Cette année-là, j'habitais encore *at home*, seule avec mon père, Vanessa, ma sœur, étant partie vivre avec Mummy avant à son tour d'être « mise en pension » en Angleterre. Ayant raté mon bachot avec brio et sans aucune intention de le représenter, j'ai fait mes débuts dans la « vraie vie » entre noctambule invétérée et coursier le jour pour Dim Dam Dom, cette émission culte des Sixties produite par Daisy de Galard à qui je dois mon premier salaire. Une époque enivrante où j'ai découvert le bonheur de m'appartenir, d'autant plus qu'à la maison les interdits avaient valsé. Soudain, mon père me « sortait » – « *let's go out* » –, m'invitait à dîner, m'emmenait chez Elle et Lui, un club de travestis et lesbiennes à Montparnasse, partageant sa rage, ses larmes, son humour, ses amours et son whisky. Parfois, il m'arrivait de le voir de loin, seul, attablé au bar du sous-sol de chez Castel où j'allais souvent finir la nuit avec mes amis – j'adore danser. Un étrange retour de manivelle, après tant d'années de distance imposée par un Michael qui préférait de loin la compagnie de sa femme à celle de ses enfants. Nous avons alors partagé des moments intimes et intenses, *swing* mais parfois aussi un peu *borderline*. Là encore, cette leçon de vie m'a valu un travail personnel des années plus tard.

Mummy, elle, était plus sentimentale que frondeuse, mélancolique aussi sous ses rires de jeune fille. Tout autant engagée dans le droit des femmes mais moins militante que sa sœur. Je vénérais et j'admire Benoîte, je lui dois mes meilleures vacances d'adolescente en Bretagne, entre initiation aux joies de la pêche à l'aube pour aller relever ses filets et permission de sortir en boîte de nuit jusqu'à pas d'heure avec Blandine et Lison, mes cousines. Je lui dois aussi quelques engueulades bien envoyées, quand j'étais rédactrice en chef adjointe à *Elle*, pour me reprocher de sa belle écriture ronde d'avoir trahi la cause féministe dans un de nos articles.

Mummy, tellement plus libre aussi que les mères de mes amies pour parler des choses de l'amour et de la vie, qui m'a donné la pilule avant l'heure en me disant : « Ne te galvaude pas. La première fois, il faut aimer VRAIMENT. » Là encore, message reçu, et poursuivi. Malgré la vague des années *peace and love*, je n'ai pas été du genre qui s'envoie en l'air sans lendemain, j'aime les histoires.

Un soir, devant sa coiffeuse, à l'heure de notre tête-à-tête mère/fille où justement nous parlions de la vie alors qu'elle se maquillait pour le « retour de Michael » à la maison, je lui aurais dit :

— Toute ta vie avec le même petit mari, ma pauvre Mummy ! Cela ne m'arrivera jamais !

Je l'ai retrouvé noté dans le cahier de mes « bons mots » d'enfant.

Cela s'est avéré et au-delà. Et pas seulement par choix.

Mariée, divorcée, remariée, veuve – même si je déteste le mot c'est un fait, je le suis. Des amants avant, après, entre-temps et, à mon âge, un « fiancé », moi qui ne suis jamais passée par l'étape bague de et cocktail de, trop éprise et impatiente pour me plier à ces conventions de l'attente.

Mère aussi. De quatre enfants avec vingt-deux ans d'écart entre le premier qui en a quarante-cinq aujourd'hui et le « petit » dernier que j'ai eu à quarante-cinq ans. Et dire que je pourrais déjà être arrière-grand-mère et que je ne suis même pas grand-mère.

Longtemps, cela ne m'a pas manqué.

Au contraire, j'étais même soulagée de ne pas. J'ai passé tant d'années à pousser des balançoires que j'ai aimé mes dimanches sans devoir d'enfant ni appel à l'aide du genre « maman tu peux me garder Noé ? » – je sais, c'est moche mais je n'ai jamais été folle des bébés, c'est après et à jamais que je tombe raide dingue. Et puis, pour dire vrai, le côté « je m'occupe des petits ce week-end » de mes amies mamies ne me faisait pas fantasmer non plus.

Mais voilà. Tout change. Avec le temps, justement, qui se compte autrement et qui se fait plus court, j'espère avoir le bonheur de connaître les enfants de mes enfants et la chance de les voir grandir. Pour à mon tour les emmener par la main et leur transmettre un peu de ce je ne sais quoi qui s'appelle l'esprit de famille, le plus précieux des héritages.

4.

« Vous devriez aussi faire les yeux »

Mon premier rendez-vous
pour mon problème de cou

Longtemps j'ai hésité, on peut même dire résisté. Par orgueil, trouille ou arrogance. Et par tradition filiale peut-être, ma mère n'étant jamais passée par l'étape lifting. Dans mon souvenir, elle se moquait des marques du temps. Contrairement à sa sœur Benoîte et ses amies Gisèle, Éliane ou Françoise, figures médiatiques âgées de quelques années de plus que Flora, qui s'étaient offert leur première opération de chirurgie esthétique à la cinquantaine. Un geste de femmes libérées, qui estimaient qu'il n'y avait pas plus de raisons d'être soumises aux rides qu'aux hommes. Il est vrai que le début des années soixante-dix inaugurait l'obsession d'un jeunisme de façade, mais ce n'était pas la raison principale. Profiter de leur liberté nouvelle, conquise de haute lutte – pour mémoire, jusqu'en juillet 1965, il leur était interdit d'ouvrir un compte en banque sans l'autorisation de leur mari –, était preuve d'audace et de modernité à la génération de nos mères. Sauf pour la mienne. Peut-être que sa blondeur et ses rondeurs le lui permettaient, ou sa nouvelle vie – l'amour est parfois la plus efficace des crèmes antirides. À moins que ce ne soit tout bêtement parce qu'elle avait la trouille de l'opération. Une peur qu'elle m'aurait transmise ?

Certes, je ne suis ni blonde ni ronde mais ma liste d'arguments pour ne pas était sans appel. Et mes réactions à la hauteur de mes *a priori*. Curiosité face à unetelle qui m'appelle pour me proposer de me montrer sa « nouvelle bouche », qu'évidemment je veux voir. Fascination en croisant une ancienne connaissance méconnaissable dans les allées de la Fiac que je me surprends à suivre en me demandant comment on vit en se regardant le matin dans la glace quand on ne se ressemble plus. Stupéfaction aussi devant ces visages amidonnés des reines du tapis rouge, contraintes à une course contre leur montre pour satisfaire les fantasmes des metteurs en scène. Ou ceux de ces jeunes princesses en mal de reconnaissance sur leur Rocher, belles et charmantes avant d'y passer, dont on découvrait les transformations avec Nathalie, la rédac chef du service photo, les lendemains de soirées sur les écrans des ordinateurs de *Point de Vue*. La seule vision de profil de ces lèvres ourlées qui n'en peuvent plus de sourire me confortaient dans ma posture de nonne les jours de doutes.

Certes, c'est avant tout pour se plaire, se rassurer, se retrouver, qu'on s'offre un coup de jeune, lequel au passage masque souvent l'espoir de refaire sa vie. Pourtant une opération esthétique, même réussie – « C'est impeccable, on ne voit rien, tu as gagné dix ans » –, n'est pas une garantie contre la solitude. Les hommes en quête de fraîcheur, cette autre forme de lifting qui flatte leur ego et booste leur virilité, ne se laissent pas leurrer. Quitte à courir après le temps, mieux vaut un détour par un retour aux sources.

Un de mes vieux potes s'est épris d'une ravissante jeunesse. Au-delà de son désir et de l'extase renouvelée, il s'avoue être bouleversé par sa beauté à son côté le matin au réveil et ce n'est pas qu'une histoire de chute de reins. Aucune opération ne peut garantir cette émotion, et à l'inverse elle peut même être source de rejet, l'angoisse de l'une renvoyant à la propre inquiétude du temps qui passe de l'autre. Quant à ceux qui se veulent puristes, ils disent ne pas aimer le principe des visages refaits ni caresser des seins rebondis, c'est encore à prouver d'autant qu'ils ne sont pas toujours dans le secret de leur déesse. Le mien d'homme qui ne m'a pas connue jeune – ceci explique peut-être cela – m'assure qu'il m'aime telle que je suis et me conjure de ne pas passer à l'acte. Mes enfants, eux, prétendent être 100 % contre, rien qu'à l'idée ils rugissent. Mais là encore, sachant qu'il leur faut du temps pour accepter un nouvel amour dans la vie d'un de leurs parents, il n'est pas raisonnable de se l'interdire pour leur convenir. La question clé, la seule, la vraie qui permet de passer avec « joie » toutes les étapes, étant : Est-ce que moi je m'aime comme ça ou est-ce que je me sentirai mieux avec un coup de neuf ?

L'appel de ma cousine après m'avoir vue à la télévision m'a poussée à sauter le pas. En experte qui en est à son deuxième lifting et s'était fait offrir un *peeling* par sa mère comme cadeau de Noël, elle tenait à me féliciter, « tu es vraiment télégénique », avant d'ajouter d'une voix horrifiée : « Mais TON COU Colombe, ton cou… Tu DOIS vraiment faire quelque chose ! »

Et pour cause. Après une opération de la thyroïde, la peau de mon soi-disant « cou de colombe », selon l'expression de ma mère qui m'encourageait à me tenir droite à l'âge où mes seins poussaient, s'était transformée en un plissé permanent façon Pleats Please d'Issey Miyake. Que je me redresse au point d'être raide en tirant mes épaules en arrière ou que j'avance le menton quitte à paraître prognathe, rien n'y faisait. Fripé il était, fripé il restait. Ce qui avait commencé à sérieusement me titiller jusqu'à adopter le col roulé noir, version matin ou soir, en me convainquant du côté Audrey Hepburn de l'affaire et à reléguer au fond d'un tiroir mes chemises blanches agnès b. ou mes twin-sets de vieille Anglaise aux encolures dorénavant insuffisamment ras du cou. Car pas question de tomber dans le petit foulard de soie des années cinquante noué façon Bardot ou poulbot mais en fait cache-misère – j'ai essayé, c'est moche et ça date –, qui avait remplacé l'écharpe de mousseline de nos grands-mères – j'ai aussi essayé, on prend cent ans – qui avait succédé au bandeau en gros grain noir – là, j'ai résisté d'autant que le rayon mercerie du Bon Marché a fermé – adopté par les douairières du siècle passé pour masquer leur cou de pintade. Pas question non plus d'user du harnachement de la grande décoratrice Madeleine Castaing aux rides tirées avant même l'invention de la chirurgie esthétique en s'équipant d'élastiques couleur chair qu'elle cachait dans sa chevelure dont je n'ai jamais su si c'était ou non une perruque.

N'empêche. Secouée par ce coup de fil amical mais radical, je me suis mise en quête du « meilleur » chirurgien, ce qui n'est pas difficile à trouver. On a toutes au moins une amie qui a « fait quelque chose » et c'est toujours avec « le top du top ». Avec à la clé des exemples où ça se voit, d'autres où ça ne se voit pas, sachant que dans les deux cas, ça peut être considéré comme réussi ou raté.

J'ai donc pris rendez-vous avec le très réputé docteur F. dont le cabinet se trouve sur l'une des avenues donnant sur le rond-point des Champs-Élysées. Chic et cher mais, quitte à le faire, je suis prête à en payer le prix. Deux mois d'attente ? Pas si grave, cela me donnait le temps de me persuader ou de me décommander. Le jour dit, je n'ai pas particulièrement fait gaffe à mon look. Erreur fatale ! Je ne sais plus ce que je portais mais j'ai regretté de ne même pas avoir pris le temps de me remaquiller en quittant le journal. À peine la porte franchie, on pénètre dans un monde ouaté où tout est blanc. La secrétaire en tenue d'infirmière jeune et belle, ou pas si jeune mais belle – ici, allez faire la différence –, me tend une fiche à remplir. Et nous voilà, mon cou et moi, seuls dans le silence de la salle d'attente aux allures de salon. Canapé beige, murs blancs, mauvaise litho au mur, voilages aux fenêtres pour être protégée des regards extérieurs. Et sur la table ronde, quelques magazines auxquels j'essaye de m'intéresser en m'étonnant qu'ils soient tous périmés chez ce chirurgien tellement tendance. À l'heure pile, il apparaît. Bureau tout en boiseries, tapis d'Orient, grande table d'acajou et reliures au mètre dans la bibliothèque. Entretien préliminaire. J'explique mon cas qu'il a dû repérer rien qu'en me regardant, j'avais prévu, je suis venue le cou à l'air pour éviter d'avoir à me déshabiller.

— Bon, passons à côté. Appuyez-vous bien droite contre le mur, retirez vos lunettes et regardez devant vous. Je vais prendre quelques photos de face et de profil, essayez de ne pas cligner des yeux.

La séance a un côté garde à vue en salle d'opération. Intérieurement, je me rappelle que je suis là pour sauver ma peau et que je n'ai rien à avouer, mon visage parle pour moi.

— Bon. Pour votre cou, oui c'est faisable, et oui ça le lissera, m'affirme-t-il avant de me préciser en frôlant du doigt le dos de sa nuque qu'il lui faudra « juste » décoller la peau en partant de derrière les oreilles parce que pour cette partie du visage, « qui n'est pas le visage justement » mais comprend l'arrondi du menton, les bajoues, il faut descendre pour remonter à partir de là.

Mon amie Anne qui sait de quoi elle parle m'avait prévenue : j'aurai une insensibilité pas si « petite » que ça et qui durera en réalité plus longtemps qu'annoncée. Et, en prime, du mal à tourner la tête pendant un certain temps. Et c'est alors qu'il ajoute en soulevant le repli d'une de mes paupières :

— Vous devriez aussi faire les yeux. Vous n'avez pas besoin de faire le bas, vous n'avez pas de poches mais le haut, oui, ça rajeunira votre regard et la partie supérieure de votre visage.

Rien que l'idée d'une fine lamelle de peau plissée façon prépuce coupée/cousue m'a crispée. J'ai dû paraître coincée, je l'étais. Pour me convaincre, il affiche sur l'écran de son ordinateur les gros plans de mon visage et de mon cou. À peine le temps de constater l'étendue du désastre, pire encore sous sa lumière crue, qu'il fait défiler le visage avant/après de ses patientes pour que je me fasse « une idée ». Je n'ai plus qu'une envie, fermer les yeux alors qu'il s'agit de me les ouvrir bien grands. Plus grands. En outre, ma mauvaise foi n'aidant pas, je ne trouve pas le résultat flagrant, ce qui est bien la preuve que je ne suis pas si prête. Fin de la consultation. Au revoir et merci. Par ici la sortie. Respect de la confidentialité oblige, pas question de croiser le ou la patient(e) suivant(e) qui doit être déjà installé(e) dans la salle d'attente. Dommage. Curieuse, j'imaginais déjà le « vous ici ? »

Il m'en aura coûté 100 euros mais me voilà avertie. Et d'un, il faut se rendre à ses rendez-vous comme à une *blind date*, à son max sinon on en ressort le moral à plat. Et de deux, si je me lance, il faudra compter deux à trois jours en clinique puis trois semaines à me cacher – « Enfin vous pourriez aller travailler mais… » Et surtout pas de soleil pendant six mois. Un piètre sacrifice vu la promesse d'un regard allégé et d'un cou qui me permette de me pencher pour payer mon taxi sans craindre de surprendre mon décolleté chiffonné dans le rétroviseur.

— Quand vous serez décidée, on prendra date pour un dernier rendez-vous avant votre intervention, m'explique son assistante en me précisant qu'elle garde mon dossier sous le coude pendant deux mois et que la prochaine consultation sera gratuite.

Quelques jours plus tard, Hélène, l'alliée de mes éditos à *Point de Vue* à qui je raconte mon rendez-vous, hurle dans le téléphone :

— Aaargh ! Tu es allée voir le docteur F. ! C'est lui qui voulait m'injecter mon cul dans les yeux ! Je suis sortie en larmes. Moi qui pensais qu'il allait primo me féliciter en me disant « pour votre âge vous êtes bien » et deuzio me proposer une solution pour que je sois encore mieux ! Sans ménagement il m'a balancé « tout ce qu'il y avait à faire ». Et c'est là qu'il a parlé de prendre de la graisse de mes fesses pour me la coller dans la gueule.

Me voilà confortée, ce n'était pas l'homme de ma situation. Comme je ne suis pas bornée mais obsédée – quand ça commence, on ne voit plus que ça –, je me suis souvenue de la divine

Hélène Rochas à laquelle je demandais sa recette, qui m'avait confié « par petites touches, Colombe, surtout pas tout d'un coup ». Et je décide d'en parler à mon cher docteur Hervé Brunet. C'est lui qui pique mes sillons de fumeuse et repulpe mes lèvres au passage avec quelques gouttes d'acide hyaluronique. Il me brûle aussi ces fameuses taches marronnasses sur les tempes qui font vieux sale. Celles sur mes mains, plus ça va, plus j'en ai et plus je les aime, en souvenir de Kitty. Bref. Il me recommande un chirurgien en qui il a toute confiance, qui travaille « très délicatement ». Banco.

Deux mois plus tard. Rive droite encore. Boulevard Haussmann ou Malesherbes, je ne sais plus. Madame Pringle ? Bonjour, suivez-moi. Bel homme. En blouse blanche. La quarantaine bien sonnée, le front lisse version Botox. Il se pique sûrement, peut-être même que c'est mon dermato qui le lui fait. Sur sa table, encore un Mac écran géant. Contre un mur, un miroir gansé d'ampoules façon loge de maquillage à la télé. Flanqué devant, un fauteuil Starck en plastique transparent Cette fois-ci, j'essaye d'être légère et enjouée. *Fair play* aussi. Donc, oui j'en ai très envie mais j'ai peur, et oui je dois faire quelque chose malgré mes réticences.

— Eh bien, allons regarder de plus près.

Et me voilà assise face au miroir, recevant une volée de flashes en pleine poire. Et là, patatras. OK, je me suis maquillée, rouge à lèvres, et tout le reste. OK, je suis en beige, plus doux pour le teint. Mais *damned*, mes racines ! Je n'ai pas pensé à aller chez Leonor Greyl pour confier ma tignasse aux doigts de fée de Sylvie qui me sauve du nid-de-poule et à Frank, mon ami magicien qui depuis des années me préserve de la couleur queue-de-vache. Conseil numéro 2 : avant de consulter, passer par l'étape coiffeur.

C'est alors que je l'entends :

— Ma mère qui a quatre-vingt-quinze ans a l'air d'en avoir soixante-cinq.

Je ne le prends pas personnellement, mais quand même, il charrie non ? Ce chiffre ne lui vient pas par hasard et ça veut dire quoi de me comparer à sa maman ? Retour en silence à sa table. Et c'est reparti. On décolle, on sous-tend avant d'ajouter après un silence d'expert :

— Si vous voulez mon avis, on ne peut pas faire QUE le cou. Pour respecter l'harmonie de votre visage, il faut envisager un lifting COMPLET. Je vais vous montrer, vous allez comprendre, me dit-il en cherchant un dossier dans l'ordinateur.

Et voilà que oups ! – par mégarde, vraiment ? – il tombe sur le fichier « Ventre et Cuisses », avant et après les zip. Je ne voudrais pas voir mais je regarde quand même – c'est atroce mais irrésistible – tout en me demandant quid de la déontologie, le ventre c'est vraiment intime, non ? C'est le moment qu'il choisit pour ajouter :

— À propos vous fumez ?

Face à mon hochement assumé – j'en ai marre de me sentir coupable d'être une fumeuse –, il me prévient :

— Alors il faudra arrêter pour éviter les risques de nécrose de la peau. Six semaines avant l'opération et après aussi, le temps de bien cicatriser.

N'en jetez plus ! Je paye cash et je me barre. Vite une clope ! Mais quand j'y repense, l'âge d'être sa mère ? Impossible, mon vieux, t'es trop vieux. Alors, l'air d'avoir l'âge de sa mère qui en a trente de plus ? Mais quel goujat !

Il n'y a pas eu de troisième rendez-vous. Mon cou et moi avons fait un deal et on s'y tient. À coups de douches glacées quotidiennes, il est moins pire – ou je suis moins obsédée. Quant à mes paupières, quand je me regarde dans la glace, grâce à la monture de mes lunettes pile sur le pli, ça passe à peu près, je me fais encore illusion. Mais pour combien de temps ?

Ce matin au réveil, après une nuit pourtant douce, en me regardant dans la glace où tapait un soleil d'été, j'ai remarqué un nouveau plissé qui avait pris place dans le creux de mes joues. En m'approchant du miroir, j'ai vu qu'il partait de mes pommettes pour tomber en ridules façon sable sec après l'orage jusqu'au bas de mon visage. Comme il m'arrive souvent de me parler tout haut quand je suis seule – je sais, c'est un autre signe… –, son froissé s'est mêlé à mes rides d'expression. Mais quand je me suis tue, sidérée, il était toujours là. Il n'y avait plus de quoi sourire même si c'était la seule façon de le faire re-disparaître. De mes deux mains, les pouces sous le menton, le bout de mes doigts le long des oreilles jusqu'aux yeux, j'ai alors retendu la peau de mon visage, un geste familier pour toutes celles, et ceux, qui hésitent encore. Et je dois reconnaître qu'outre les ans j'y gagnais une certaine fraîcheur. J'ai alors repensé à la remarque de ma cousine Blandine qui m'avait assené : « De toutes les façons Colombe, on ne se ressemble PLUS. Alors la seule question est : vais-je m'habituer à être vieille ou pas ? »

Je cherche encore la réponse.

5.

Et dire que je le trouvais vieux

Et que je ne me sens même pas vieille

Je ne sais pas vous, mais moi, c'est toujours le jour où je m'y attends le moins que ça me tombe dessus.

Une amie de plus de trente ans qui « soudain » fête ses soixante-dix. Un courrier bienveillant qui m'invite sans attendre à me faire vacciner gratuitement contre la grippe pour m'éviter des « complications graves » en me rappelant au passage que j'appartiens à la génération des vulnérables qu'il faut bichonner pour éviter de plomber le budget de la Sécurité sociale. Un sms d'Anne m'invitant à me brancher sur France Culture, où trois amies dont l'historienne Mona Ozouf racontent leur année 68 – « On dirait nous ! ». Un tube des Moody Blues sur Radio Nostalgie que j'enchaîne sans hésiter,

« *'cause I love youuuu, yes I loooove you [...] Night in White Satin* ». Du coup, je me surprends à enquiller avec *C'est Extra* de Léo Ferré : « un Moody Blues qui chante la nuit [...] / Et dans le port de cette nuit/ Une fille qui tangue et vient mouiller » – je l'ai entendu la chanter accompagné de Paulo, son pianiste aveugle, dans une auberge bretonne sur le port de Kerdruc il y a... Aïe !

C'était lors du tournage de l'émission de télévision d'Éliane Victor, Les Femmes Aussi, consacrée à Benoîte et Flora Groult à l'occasion de la sortie de leur premier roman en duo *Le Féminin pluriel*, en 1965, trois ans après le succès de leur *Journal à quatre mains* où elles avaient consigné leurs impressions d'adolescentes pendant la guerre. Lancées par un article dithyrambique d'André Maurois dans le magazine *Elle*, qui saluait « une œuvre originale, brillante, souvent profonde [...] un précieux document sur des temps difficiles et sur les jeunes filles de tous les temps », les « sœurs Groult » avaient connu un fulgurant succès. Pour participer à cette émission qui leur était dédiée, elles avaient entre autres invité leurs filles – mes cousines Blandine et Lison, et ma pomme ; nous avions quasi pile l'âge de nos mères à l'époque. Face caméra Mummy m'avait donné à lire « j'ai quinze ans et pour la première fois j'ai embrassé un garçon sur la bouche... » sans me prévenir de l'extrait qu'elle m'avait choisi ! « Tu verras, c'est une surprise », m'avait-elle dit avec un rire de jeune fille. Pour la surprise, j'étais servie. J'ai rougi, pas si grave, la télé de l'ORTF devait encore être en noir et blanc mais j'étais surtout furax comme on peut l'être contre sa mère à cet âge-là. Alors je me suis vengée – enfin, c'est ce que je me dis aujourd'hui – en flirtant avec le très séducteur et séduisant Léo Ferré qui était venu en ami chanter *Monsieur mon passé*. En 1965, je viens de le vérifier, merci Google, il avait quarante-huit ans ! C'était gonflé quand même. De ma part, mais aussi de la sienne. Rien que de m'en rappeler me reviennent intacts le goût épicé de ma provocation sous le regard décontenancé de ma mère et la douceur experte de ses baisers qui m'avaient transportée malgré le goût amer de tabac mêlé au whisky. Comme quoi « Avec le temps, va » tout ne s'en va pas, mon cher Léo. Et si je n'ai pas oublié son visage ni sa voix, de m'en souvenir me donne une autre mesure du temps. Aujourd'hui, j'ai dix-huit ans de plus que lui cette nuit-là. Et dire que je le trouvais vieux ! Et que je ne me sens même pas vieille…

Parfois cependant, la réalité est là qui vous rappelle à l'ordre, chiffres à l'appui. Comme l'autre jour, au téléphone avec Bénédicte. Nous ne nous étions pas parlé depuis un bail. Entre les classiques « tu en es où et tu fais quoi ? », elle m'apprend qu'elle va avoir soixante ans dans quelques jours et que cela lui fait un « drôle d'effet ». Pour la réconforter, je lui rappelle que j'en ai six de plus et que la vie est belle. Après quoi, elle se tait comme tétanisée avant d'ajouter pour se – et surtout me… ? – rassurer :

— Il n'y a pas encore de différence.

— Tu l'as dit, pas encore, mais fais le calcul ! Dans dix ans tu en auras soixante-dix et moi, la vache, soixante-seize !

Et là, même si tout va pour le mieux et que mon corps suit, ce sera forcément une autre histoire.

Je dois être dans une période où je commence à faire des comptes. Il y a peu, j'ai été sidérée en réalisant que mon premier mari que j'ai connu à dix-huit ans en aura soixante-treize cette année. Quand je pense à nous, je nous vois jeunes et ne mesure pas le temps passé. Pourtant, la preuve est là par nos enfants : Éloi va avoir quarante-cinq ans, Adrien vient de passer le cap des quarante et notre fille Merry a fêté ses trente ans en octobre. Parfois j'ai du mal à croire que mon aîné aura bientôt quarante-cinq ans, ce qui me vaut d'ailleurs des réactions parfois étonnées à l'idée que j'ai un fils si *vieux*. « Mais alors vous avez commencé très tôt ? » Flatterie ou goujaterie ? Peu importe, je m'en tape et l'entends pour le meilleur. Ce doit être que je ne fais pas – encore – mon âge ou, si j'en ai l'air, que je ne me comporte pas comme une « vieille », l'un et/ou l'autre sont bons à prendre.

Mais je me souviens encore de la réaction de mon voisin de table, un bel homme russe, lors du grand dîner donné par *Vogue* en l'honneur de Mstislav Rostropovitch pour le lancement du numéro de Noël dont il avait accepté d'être notre rédacteur en chef exceptionnel, c'était en 1989 je crois. Faute de se connaître, nous avions pratiqué le *small talk,* cet art de la conversation en survol pour éviter les sujets qui risqueraient de fâcher. On ne devait pas avoir grand-chose de palpitant en commun puisque nous en sommes venus à la vie de famille, donc aux enfants. En apprenant que j'avais un fils déjà « si grand » à ses yeux de « jeune » fringant, Éloi n'avait alors « que » dix-huit ans, et un second Adrien, qui le suivait tout juste de quatre ans, il s'était délicatement détourné vers sa voisine de gauche jusqu'au dessert, cela m'avait fait sourire. Follement amoureuse et bientôt remariée, je me foutais d'avoir quarante ans et quelques mais je m'étais promis de faire le test à la prochaine occasion en commençant par ma fille Merry, encore loin de l'âge de raison à l'époque. Puis, vieux réflexe, ce fut le tour de Melchior, mon « petit » dernier que j'ai eu sur le tard pour de vrai, d'être cité en premier, histoire d'éviter l'affront d'un voisin de table. Et, accessoirement, de me « rajeunir ».

Aujourd'hui, plus question de perdre mon temps, qui m'est compté pour le coup, en me prêtant à ce petit jeu par vaine coquetterie. D'autant que j'appartiens à la première génération à avoir bénéficié de la pilule – et, grâce à ma mère, y ayant eu droit avant l'âge légal où l'on pouvait se rendre à la pharmacie sans autorisation parentale –, puis à avoir été maître de son corps grâce à la loi Veil. Moi qui ne voulais pas d'enfants à vingt ans, je les ai voulus tous les quatre et j'en suis fière et ils me comblent. Je considère que c'est une chance, un cadeau de la vie, d'avoir pu être mère et tôt et tard.

Quand j'étais stagiaire à *Elle* au tout début des années soixante-dix – mes premiers pas dans la presse –, j'étais fascinée par une des figures de la rédaction qui appartenait à la bande historique d'Hélène Lazareff. J'aimais son bagout, son allure, son aura de journaliste et sa liberté de parole. Un soir, chez Lipp où elle m'avait invitée à dîner, bien que très intimidée, j'en avais profité pour lui poser des questions sur sa vie, sa carrière. Elle en était venue à évoquer son âge. Je ne me souviens plus si c'était cinquante ou cinquante-cinq ans, mais dans ces eaux-là, un chiffre cacochyme à mes yeux de groupie épatée. Elle avait ri aux éclats devant ma réaction admirative – « j'aimerais tellement être comme toi plus tard » – avant de me confier son « truc » :

— Il faut mentir sur son âge mais tricher pour se rajeunir ne sert à rien, on se fout du chiffre. Au contraire, depuis des années je me rajoute cinq ans, je ne reçois que des compliments et c'est excellent pour le moral.

À bonnes entendeures, salut et à toi, Dany, des baisers.

N'empêche. Quand j'y repense… Cinquante ans ! Aujourd'hui, la date limite est dépassée pour m'en rajouter une louche, je ne suis pas maso, je n'aurais plus rien à y gagner à tomber dans le marigot des septuagénaires. Et mieux encore, j'assume avec fierté les quarante-cinq ans d'Éloi qui m'a confié récemment ne pas en revenir « d'en être déjà là ». Toi aussi, mon cœur ? J'ai compris ô combien, et je l'ai pris dans mes bras.

6.

Si j'avais su

Profite, profite

Quand j'y pense ! Fesses bombées, seins rebiqués, ventre lisse, bras sculptés, cuisses fuselées et, en prime, 0 % de matière grasse. OK, j'exagère mais quand même. Et tout ça sans effort. Ni abdos ou haltères. Ni aqua gym, ni régime, ni couches de crèmes à l'aloe vera, ni Night Repair. Et dire que je me trouvais moche. Pas assez ceci, trop de cela et cette peau d'Anglaise qu'à l'heure d'été je cachais sous une chemise d'homme, moins pour la protéger du soleil que des regards me privant d'un de ces *teeny weeny bikinis* à la mode dans les années soixante. Avec le miroir aussi, c'était compliqué, et avec les clic-clac Kodak, c'était pire. Mummy avait beau me répéter « profite, profite, tu es jeune et belle, ne te cache pas ! Sors ton cou, montre tes jambes, tiens-toi droite qu'on voit tes jolis petits seins, mets plutôt ta robe rose qui te va si bien », je résistais. Pourtant, quand je tombe sur une photo de moi à l'époque, passé le choc d'avoir été si jeune au point parfois de me demander si c'est bien moi, je comprends mieux ses mots de mère. Et je me dis si j'avais su, si je l'avais crue.

Quoi d'ailleurs ? Qu'est-ce que cela aurait vraiment changé à part m'épargner des heures de minauderie de jeune gourde devant la glace ? En fait, rien d'essentiel. D'autant que je me suis vite engouffrée dans l'amour fou pour l'homme de mes premières fois tout en faisant mes classes d'apprentie styliste à Mafia, le bureau de style de Maïmé Arnodin et Denise Fayolle, mes maîtres vénérées, ma meilleure école. Et je me suis laissé prendre aux jeux de la mode – la façon la plus sûre de se faire remarquer sans avoir à se dévoiler. De ma crinière à la Angela Davis teinte orange puis vert toit de l'Opéra de Paris puis violet par Vasillia chez Jean Yves Elrhodes aux compensées en patchwork de lézard pastel achetées sur King's Road, des mini minimum et faux cils version Twiggy aux pantalons pattes d'eph' en velours imprimé d'étoiles de Mr Freedom à la saharienne en toile d'Yves Saint Laurent pour sa collection Rive Gauche qu'hélas j'ai égarée, des rouge à lèvres et vernis noir en vente chez Biba aux robes des Puces années cinquante, je me fendais quitte à me mettre à découvert mais me suis permis tous les excès. Même enceinte de mon premier enfant. À l'époque, en 1970, il était encore de bon goût pour les futures mères de se cacher dans des robes dites de maternité, achetées chez Prénatal. Autant de sacs couleur layette ou bouillie de bébé à gros boutons longueur au genou qui faisaient de vous des dondons. À l'inverse, je souviens d'être allée rue de Sèvres, chez Dorothée Bis pour choisir dans la collection de Jacqueline Jacobsen de robes-tabliers taille extra-large en grosse laine tricotées rayés brique et bordeaux pour aller avec mes cheveux – je ne lésinais pas sur les détails. Et, pour aggraver mes rondeurs tant j'étais fière, je nouais sur mon ventre une écharpe coordonnée. Avec les ans et mon job de rédactrice de mode, je suis passée par toutes les couleurs de l'air du temps sans jamais me sentir une *fashion victim*, on était moins bien-pensante qu'aujourd'hui. Avec en ligne de fond une nette préférence pour les tailleurs, les pantalons, et toujours un manteau d'homme, ceux de mon père en priorité. Et le soir, la question était réglée grâce à Yves Saint Laurent et son smoking pour femme dont l'une des versions a même été en vente à prix 3 Suisses dans leur catalogue. Mais me reste une nostalgie, celle de m'être privée des atours de la féminité acceptée.

C'est ridicule mais voilà, j'ai mis des années avant de réussir à dépasser ma phobie des robes. Pourtant, je les adorais, en particulier les petites noires sans manches. Et maintenant que je m'en tape, trop tard, c'est foutu. Reste la solution du petit cardigan par-dessus pour cacher l'intérieur des bras façon ailes de chauves-souris. Certes c'est chic et cela ferait l'affaire mais, même en pur cachemire, c'est un cache-misère, et je le sais. Alors je me dis que j'aurais dû écouter Mummy et lui répondre par un sourire en mesurant ma chance de ne pas avoir une mère rivale au lieu de m'enfermer dans ma chambre pour marmonner en refusant son message de femme qui savait : « Profite, profite avant que jeunesse se passe. »

Se souvenir est utile pour ne pas flinguer le temps qui reste avec d'autres regrets. Oui, ça fout le camp. Oui, le corps est moins lisse, il est flasque, ça tombe et ça pend. Oui, il faut passer l'épreuve du pantalon qu'on ne ferme plus ou le rebondi du ventre qui n'a plus rien de charmant dans les jupes. Quant aux stilettos de douze pour tapis rouge, mieux vaut en redescendre et filer ses Louboutin à sa fille – laquelle d'ailleurs préfère les baskets – pour ne pas avoir l'air d'une vieille branche perchée qui s'épuise à courir après l'idée d'elle-même. *Idem* pour le maquillage, plus on avance, plus il faudrait l'alléger. Et aussi éviter de ressortir le collier de perles de nos dix-huit ans et autres accessoires datés genre les dormeuses aux oreilles, exquises à vingt, pour ne pas être envoyée direct dans la case « mamie » d'un jeu de l'oie version Senior. Déjà, quoi qu'on fasse – crèmes de jour, antirides la nuit, quart d'heure de gym quotidien, protection 50 au soleil, même si je me préfère les rides au visage gris pâle –, les marques des ans s'imposent.

Pourtant si Mummy était encore là, avec l'expérience de ses vingt-deux ans de plus, je suis persuadée qu'elle me chuchoterait encore « profite profite », ce que je me répète chaque matin. D'autant que j'ai l'impression que les mois galopent voire s'emballent ces derniers temps.

Entre mes quatorze et dix-huit ans, chaque année a duré un siècle, ça n'en finissait pas. J'avais le sentiment que jamais je ne serais grande. J'enviais les sœurs aînées de mes amies en rêvant d'avoir enfin droit comme mes cousines à ma première paire de collants et d'escarpins à petits talons « c'est trop tôt, à ton âge c'est vulgaire », m'avait rétorqué Mummy. Benoîte était moins arc-boutée sur les conventions que ma mère et moins gardienne du temple que mon père, d'autant plus rigide qu'il avait le regard leste et un sens très personnel de l'interdit. Sept ans plus tard, ma sœur Vanessa a bénéficié de plus de libertés, il y a de nets avantages à être la seconde. Le samedi soir aussi, c'était pénible d'être obligée de rentrer avant le gong de minuit avec Mummy qui m'attendait derrière la porte aux prises avec son « angoisse viscérale » qu'il m'arrive « quelque chose ». Un poids dont j'ai essayé de me défendre pour l'épargner à mes enfants sans toujours y parvenir. Là aussi, je l'ai mieux comprise quand mon tour est venu de rester éveillée, l'oreille aux aguets en espérant entendre enfin claquer la porte d'entrée. Et puis, pensionnaire en seconde et première « pour mettre toutes les chances de ton côté », ce qui n'a pas servi à grand-chose, il y avait cette attente impatiente du week-end pour retrouver Jean-Louis. Mon premier vrai flirt qui m'attendait à la porte du collège – il avait déjà son permis – sans que jamais ni lui ni moi n'osions sauter le pas. J'ai été vierge longtemps.

Aujourd'hui, sur l'échelle de ces années d'adolescence, j'ai l'impression que ça file à toute allure. Que le temps n'est plus le même. Que mes soixante-dix ans pas si près mais pas loin sont quasi là si la chance ne me lâche pas et si le rituel des vœux de « bonne santé » dont dorénavant je saisis mieux l'importance à chaque nouvelle année, me préservent. À la moindre douleur persistante, dos coincé, muscle déchiré, hanche qui flanche, on mesure à quel point « tant qu'on a la santé » il n'est pas question de geindre. Catherine, mon amie intime au sourire éclatant dont je caresse de l'œil la photo tous les jours, ne l'a pas eue cette chance. Ni celle de se savoir deux fois grand-mère et son Nicolas adoré en couple avec celle dont elle rêvait pour lui. Mais j'en ai d'autres, très chères et tendres aussi, avec lesquelles je bourlingue depuis longtemps qui ont déjà outrepassé de quelques années le cap des soixante-dix tout en restant actives et passionnées mais qui reconnaissent qu'imperceptiblement entre lassitudes et fatigue « ce n'est plus pareil » et que dorénavant elles font « plus gaffe ».

Et puis, si ce n'est déjà fait, vient le moment où le désir aussi fout le camp.

— Je ne veux plus d'homme nu dans mon lit, c'est terminé pour moi, le sexe me dégoûte ! m'a balancé une grande amoureuse bientôt septuagénaire, ce qui de sa part m'a plus qu'étonnée.

J'espère être préservée de cette chute soi-disant hormonale. Je ne suis pas du tout prête à bannir les hommes de ma vie. Bien au contraire. Même si avec Mathieu, mon fiancé, nous sommes adeptes du chacun chez soi pour un temps d'autant plus tendre et intense quand il est partagé.

Récemment, j'ai même retrouvé cette sensation de frémissement à l'effet réjouissant en me laissant courtiser par un homme des plus charmants. Il n'est plus temps de se priver de ce qui n'engage à rien sauf à partager et éprouver ces émois de débutante, quitte à filer se faire épiler aucazoù comme avant, tout en sachant déjà que pas... et pourquoi pas ? Quand cela arrive, c'est délicieux et c'est cadeau.

En revanche, je n'aime plus mais alors plus du tout le rituel du *happy birthday.* Je l'ai fait savoir à mon entourage et, *please*, surtout pas de surprise ! C'est comme la servitude du réveillon, si ce n'est pas pour un tête-à-tête, je coche l'option « au lit avec un livre » en espérant m'endormir avant la déferlante des klaxons.

La pensée d'avoir cinquante ans m'avait vraiment foutu les jetons. Les mois d'avant. En cause et en vrac, la ménopause annoncée – « Il fait chaud ici ou c'est moi ? » Mes aînés envolés, même si on a tout fait pour, ça rend bluezy. Merry en pleines turbulences de l'adolescence, un moment pas si paisible pour elle comme pour moi. La mémoire à éclipses de Mummy, qu'il a fallu se résoudre à installer à la villa d'Épidaure pour la protéger d'elle-même pile le jour de mon anniversaire qu'elle a oublié pour la première fois – double peine. Et mes premières séances sur le divan, pas si évident de s'allonger même si j'étais sûre et de ma décision et de mon analyste. Entre mes chambardements intérieurs, entre ma mère, ma fille et moi, chacune à une heure clé de son existence, il valait mieux que l'une d'entre nous se pose pour éviter trop de dégâts collatéraux. Je me suis allongée la première fois la veille de mes cinquante ans et si ce n'était pas mon meilleur jour, cela s'est révélé être l'un des plus beaux cadeaux de ma vie.

Et puis, accessoirement, ces petites rides qui s'incrustaient malgré la promesse des crèmes de lisser le contour des yeux, c'est banal mais ça peut faire mal au moral. Bref, j'étais dans ces tourments de l'avant, loin de l'excitation du traditionnel calendrier dont enfant on ouvre chaque jour une fenêtre en attendant le jour J. Sachant que le présent rêvé eût été de croire encore au père Noël. Oui, je sais, c'est ridicule.

Et puis, passé le 19 avril, pfuitt !

Pour être honnête, soixante ne m'avait pas non plus emballée. Mais je me suis arrangée pour m'estourbir dans une fête avec les meilleurs de mes amis et nos enfants devenus grands. Un peu ratée d'ailleurs, à part l'exquis buffet libanais. Et pour cause. J'ai d'abord eu l'idée de demander à un magicien alors très en vogue de venir nous faire quelques tours de passe-passe – l'idée me paraissait décalée donc amusante. Comme il n'était pas sûr d'être libre, je n'ai pas insisté. Ouf ! Car je me suis souvenue d'un de mes goûters d'enfants, peut-être pour fêter mon âge de raison. Mummy avait convié un prestidigitateur qui après quelques tours de magie avait sorti une tourterelle blanche de sa manche laquelle s'était envolée dans la pièce et posée sur… moi, ahah ! Un hasard transformé en mythe familial. N'empêche. C'était l'âge où je trouvais que s'appeler Colombe était vraiment tarte même si le côté « seule à porter ce prénom, tu as de la chance » aurait pu me satisfaire. Faute de magicien donc, j'ai alors eu envie de danser pour mes soixante ans comme au temps de ma première surprise party sans avoir à éteindre la lumière le temps d'un *Sag Warum* fatal mais, question de génération justement, je n'ai pas trouvé le groupe idoine ni pensé à la solution du DJ pour *twist again*.

Pourtant, j'aurai dû.

D'après une éminente chercheuse américaine, professeure de psychologie à Harvard, « revivre les jours d'avant » a des vertus capables d'inverser le cours de notre horloge biologique. Jusqu'à, dit-elle, réduire certains symptômes d'une maladie. Depuis des années, Ellen Langer, soixante-sept ans, spécialiste de la question des liens entre le mental et le physique, se passionne pour ces questions de comportement et vieillissement.

Sa première étude date de 1981. Son sujet : un groupe d'hommes de soixante-quinze ans en bonne santé – « À cette époque, précise-t-elle au journaliste du *New York Times* venu faire son portrait, soixante-quinze n'était pas encore le nouveau cinquante-cinq ». Après avoir établi un bilan des capacités de ses « cobayes » – dextérité, flexibilité, vue, mémoire, audition, force musculaire… –, elle les a réunis dans un lieu au décor années cinquante reconstitué dans les moindres détails. Jusqu'aux photos d'eux jeunes qu'ils avaient eu pour consigne d'apporter. Une fois la porte franchie, ils étaient traités comme s'ils avaient vingt-deux ans de moins. À l'ordre de leurs jours, des projections de films d'autrefois, des discussions animées par une équipe de psychologues en « costumes d'époque » – ni baskets ni jeans pour pas perturber l'illusion du temps retrouvé – et à la télévision, en noir et blanc, le journaliste vedette diffusait les nouvelles du temps de leur relative jeunesse. À la fin de leur séjour, lors d'une nouvelle batterie de tests, tous étaient « plus souples », se tenaient « plus droits », faisaient preuve de « plus de dextérité ». Des experts indépendants invités à les examiner avaient, eux aussi, estimé qu'ils avaient un comportement d'hommes plus jeunes que leur âge. Selon Mrs Langer, inverser les aiguilles de leur montre avait « mis leur esprit dans un présent antérieur et leur corps avait suivi ».

Admettons. J'ai quand même du mal à imaginer en quoi être replongée vingt ans plus tôt aurait des vertus réparatrices sur mon mental lequel d'ailleurs n'a pas besoin de service après-âge. Ceux que j'aimais et qui sont partis ne seraient plus là de toutes les façons, mes enfants n'auraient pas leur taille ni leur visage d'alors, et moi je ne suis pas sûre de vouloir porter à nouveau mes tailleurs épaulés à la mode dans les années quatre-vingt-dix.

Reste que. Faute d'avoir envie de remonter le temps, mes soixante-dix ans, j'ai l'intention de les zapper. Mon prochain rendez-vous avec le rituel des bougies, je le repousse aux quatre-vingts. Et encore, j'attends d'y arriver pour décider, l'avenir devenant alors un mot insolent. Récemment, j'ai eu les larmes aux yeux à la fête d'un homme à qui je dois beaucoup et que je n'avais plus revu depuis un moment. Longtemps nous avions eu le même âge. Et pan ! Selon l'expression devenue si cruellement juste, il avait pris un sacré coup de vieux. En le voyant peinant à marcher, la voix à bout de souffle et le sourire esquissé, lui si vaillant, toujours entre deux avions, les plus belles femmes à son bras, quittant le dernier une soirée, arrivant le premier au journal le matin, j'ai pensé : voilà ce qui t'attend. Ce qui nous attend tous, nous, ses amis réunis autour de lui pour ses quatre-vingts ans. Raison de plus pour ne pas gâcher ce temps si précieux où tout va encore pour le mieux, par des complaintes ou des nostalgies, et s'éviter les « si j'avais su ». Même si je mesure les moins/les plus sans flagornerie – et les jours de blues, on n'y échappe pas. J'imagine alors Mummy qui me susurrerait en parodiant Gabin : « T'as d'beaux restes, tu sais. » Et je me répète « profite, profite ». Jusqu'à la lie.

7.

Refaire sa vie

(et l'amour ?)

Depuis ce jeudi de juin, ma vie avait basculé. Les jours se ressemblaient. Je faisais comme si. Et autour de moi, les enfants, nos amis, la famille, pareil. Je m'obstinais à penser aujourd'hui et maintenant – demain, c'était trop me demander. Sauf à programmer des voyages à Noël pour fuir ensemble le sapin. Faute d'effacer la réalité, le dépaysement permet au moins de l'éviter.

Et puis un matin, sous la douche, je me suis dit qu'à faire du sur place, on recule. Que le passé ne se rattrape pas, le bonheur non plus, et que rien ne fera revenir Mahot, mon mari. Qu'il n'y aurait ni trahison ni abandon à quitter notre appartement. Que cela m'aiderait à surmonter l'inacceptable en changeant nos repères. Allumer les lumières dans toutes les pièces à la tombée des jours pour se donner l'impression que nous étions encore réunis ne masquait pas le silence de l'absence. Au contraire, à la longue ce leurre me plombait davantage et le rituel de nos spaghettis à la sauge du dimanche soir avec enfants et amis, les boums de Melchior ou la réunion réconfortante au premier « anniversaire » de l'accident de voiture fatal de Mahot, rien n'y faisait. Ce n'était plus pareil et ce ne le serait jamais plus. Mais ce pouvait être différent.

Heureux hasard ou concordance du temps, ce jour-là je déjeunais avec mon amie Martine qui me parle d'un atelier à louer dans un immeuble qui m'avait toujours fait rêver. Il appartenait à l'un de ses amis, un comédien dont j'avais souvent entendu parler des années auparavant sans qu'on ne se rencontre jamais. Il n'était pas français et n'habitait plus Paris.

— L'endroit est beau, tu verrais le ciel, me dit-elle pour me tenter. Cela te changerait et c'est plus près de l'école pour Melchior. Va au moins le visiter.

Je résistais. Ça me semblait trop tôt. Trop de boulot. Trop d'émotions à l'idée de devoir revisiter les strates de notre vie en quittant cet appartement où nous habitions depuis presque dix ans. Puis, à court d'arguments, je me suis laissé convaincre d'aller « au moins » voir l'atelier. J'ai donc noté le mail du propriétaire, avec lequel je suis entrée en contact. Trois lignes – bonjour compris –, pour savoir si l'appartement était encore libre. Et si oui, quand pourrais-je le visiter ? Ce fut le premier mail mais pas le dernier. Il était allemand, il écrivait un beau français et passait à l'anglais avec aisance, ce qui n'est pas le moindre détail en ce qui me concerne.

J'en étais là, à rêvasser en attendant les clés, tout en continuant à échanger quelques mails à propos de la cave ou des charges de copropriété dont le contenu outrepassait légèrement les questions d'intendance. Quand, enfin, un matin avant de filer au journal, j'ai pu visiter l'endroit. Très beau. Trop beau. Très clair. Trop clair, trop vital, avec cette lumière qui mettait tout à vif. Ni recoin ni petite pièce pour m'y réfugier. Tout juste deux portes qui fractionnaient l'espace. Aveuglée par ce vide, j'ai pris peur. Éviter le grand chambardement. Ne rien bouger. Garder mes repères. Rester dans les sédiments de nos habitudes. Par chance, le propriétaire venait d'accepter l'offre d'un peintre américain qui cherchait un lieu pour deux mois.

Et puis l'atelier s'est une nouvelle fois libéré. Et, à nouveau, j'ai hésité. Une voix intérieure me susurrait que je ne devais pas passer à côté par fidélité au passé. On ne peut pas tout perdre en perdant celui qu'on aime. Cela ne change rien au chagrin mais pour la première fois de ma vie, par la force des choses, j'apprenais à faire et à être seule. À faire face quand le compteur a disjoncté un dimanche soir d'hiver. Mais aussi à me surprendre allumant une cigarette allongée sur notre lit non sans une certaine griserie – je sais, cela ne se dit pas trop mais j'y ai aussi gagné des instants de « plaisir » à faire comme ça me chantait ; pour Mahot, un antitabac farouche, vivre à mes côtés était déjà une sacrée preuve d'amour.

Je suis donc retournée voir l'endroit. Envahi par les tableaux du locataire, les matelas de ses copains de passage flanqués à même le sol et le panier avachi de son molosse, il vibrait. Et cette fois encore, la lumière si belle et l'immensité du ciel à portée d'œil étaient un enchantement.

J'en ai alors reparlé aux enfants. À Melchior d'abord, qui bougerait avec moi, Merry ayant déjà pris son envol – une autre raison pour déménager. Ne réussissant toujours pas à me décider, j'ai appelé à l'aide Adrien, mon fils architecte si présent pendant ces années plombées. Il est venu, a vu et m'a convaincue :

— Vas-y, prends-le, vous y serez bien.

Nouveaux échanges de mails avec une flopée d'exigences, comme pour rendre l'affaire impossible. Si je le louais, son propriétaire devait tout repeindre en blanc et virer ses meubles et ses livres. Pas question de le prendre en meublé avec la menace d'être foutue à la porte sur un coup de tête. Il a rechigné. C'est promis, il ne me mettrait pas dehors, il n'avait aucune intention de revenir à Paris dans les six années à venir. Repeindre ? Il était d'accord, si vraiment j'insistais. Mais ses meubles, c'était embêtant. J'ai fait un compromis : je gardais ceux qui m'allaient mais il fallait que les autres dégagent. En outre, je tenais à avoir un bail en bonne et due forme. Il a argué que ce n'était pas la peine, qu'il était un homme de parole. J'ai insisté. Et je me suis adressée à un avocat pour qu'il m'établisse un contrat imparable.

Est arrivé le jour où, venu à Paris pour vider les lieux de ses affaires, nous avons pris rendez-vous dans l'appartement pour signer ce fameux bail et régler le choix du mobilier. Quand j'ai débarqué, une bande de joyeux drilles s'agitait à vider bibliothèques et placards, bières par-ci et musique à fond partout. Soudain, c'était la vie. On s'est serré la main, j'ai posé le bail sur la table basse d'un geste décidé mais, au fond de moi, je tremblais. Assis en tailleur sur son vieux canapé, cheveux chinés et sourire éclatant, il portait un jean taché. Un tee-shirt froissé. Des chaussettes dépareillées. Il buvait des litres de Badoit à même la bouteille en fumant cigarette sur cigarette. Dans l'atelier, hurlait la voix rock et rauque de Lucinda Williams, envoûtante.

Les baies étaient grandes ouvertes sur le ciel. Il m'a fait faire le tour du propriétaire, une façon de me raconter sa vie vaguement évoquée dans nos nombreux mails. Je lui ai demandé de lire le bail pour vérifier qu'il lui convenait. Il m'a répondu :

— Vous pouvez me faire confiance.

Je ne sais pas pourquoi mais là, les yeux dans ses yeux bleus, je l'ai cru sur parole. Alors, faute de signer, je lui ai proposé d'aller dîner pour sceller notre accord. On a pris l'ascenseur. J'étais décoiffée. Il a relevé une de mes mèches d'un geste doux. Cela faisait longtemps qu'un homme n'avait pas touché mes cheveux, j'en ai eu les larmes aux yeux.

Trois jours plus tard, je suis revenue avec Melchior en sortant de l'école pour lui montrer le chemin, l'appartement et sa chambre. Une galette des rois nous attendait. Je déteste l'idée d'avoir la fève. Avec quatre enfants, une nièce, un neveu, il y avait peu de risque, mais je suis tombée dessus. Une première. Cette fois-là, je n'avais pas pu tricher. Mais lui ? Revenus à la maison, alors que nous dînions tous les deux comme souvent depuis trois ans, Melchior m'a dit sans ambages :

— Il t'aime bien, non ?

— Qui ?

— Ben, lui ! Mathieu !

8.

Mais c'est qui ça ?

C'est moi…

À la maison, au fil des ans, nous sommes arrivés à un compromis. Avec mon premier miroir, j'ai eu du mal à me passer de nos tête-à-tête interminables qui finissaient généralement par une frange de traviole ou le nez constellé de rougeurs. Même en semaine, pensionnaire chez les bonnes sœurs qui voyaient d'un mauvais œil ce genre de relation, je réussissais à l'entrapercevoir en escaladant le panier à linge avant la sortie du week-end. Avec le temps, notre liaison aurait pu mal tourner. Comme dans ces histoires passionnelles où l'on ne se donne plus rien sauf des critiques sans réussir à se passer l'un de l'autre. Et puis, peu à peu, j'ai pris mes distances et mon miroir a perdu de son pouvoir.

Quasi cinquante ans plus tard, nous sommes arrivés à une certaine complicité. Il a des égards pour moi et peut faire preuve d'indulgence quand on se retrouve après une nuit plus ou moins douce pour écouter ensemble l'invité d'Augustin Trapenard sur France Inter. Même quand je m'approche au plus près, il me ménage et sait attendre mon regard interrogateur avant de me renvoyer une image. Comme s'il sentait les jours fragiles et tenait à préserver nos rituels de vieux couple. Il faut dire que je suis du genre fidèle, je n'en ai qu'un et je lui suis très attachée. Avec les autres, œillades ou passades, je ne suis jamais aussi intime. Il n'est pas non plus du genre à me faire faux bond ou à se planquer au coin d'une rue comme ses confrères dont le reflet dans la vitrine me surprend au passage. Une vision fugace et un rappel à l'ordre pour me recoiffer ou me tenir plus droite – avec le dos bombé façon bosse de bison on prend vingt ans d'un coup. Quant à ceux au garde-à-vous dans les cabines d'essayage, on sait à quoi s'attendre d'eux. Depuis des années, leur regard est sans concession, même du temps où l'on n'avait rien à se reprocher ils nous accusaient. Alors mieux vaut les prendre de haut sans s'attarder, quitte à retourner à la boutique pour échanger son maillot de bains.

Là où cela se corse, c'est ailleurs. Dans une maison amie quand on se croise pour la première fois en remontant de la plage avec l'envie de vérifier son bronzage ou dans l'anonymat d'une salle de bains d'hôtel. Et là, plus il a d'étoiles, pire c'est. Parce qu'on s'y croit, qu'on a envie de se leurrer, que tout est en place pour se faire son quart d'heure de cinéma en se prenant pour une *Pretty Woman*. D'autant que l'opulence du décor est bien réelle.

J'ai connu beaucoup de chambres d'hôtel grâce à mon métier. Des moches et riquiqui en reportages avec vue sur le parking ou les poubelles mais on s'en fout, gagner sa vie en racontant le monde est en soi un luxe et, où que ce soit, j'adorais être ailleurs en service commandé. Mais j'ai aussi eu le privilège d'être reçue dans de sublimes suites durant des voyages de presse organisés par les grands noms de la mode, ou, ces dernières années, pour des défilés spectaculaires. Un rituel de haute volée initié par la maison Chanel qui déplace ses troupes pour présenter l'une de ses collections en *live* à ses clientes internationales en présence d'un parterre de ses égéries, de personnalités locales et des journalistes du monde entier conviés à assister à l'événement.

J'ai eu cette chance folle pendant des années d'être embarquée trois jours ici, deux nuits là pour vivre des moments d'émerveillement grâce à Dior, Hermès, Baccarat, Vuitton ou le Comité Colbert… Et toujours dans le meilleur du meilleur des meilleurs lieux de la ville – que ce soit à Venise, Rome, Tokyo et re Tokyo, New York et re re New York, Dubaï, Shanghai, Edimbourg, Pékin, Beyrouth, Hong Kong, Moscou, Bombay, Istanbul…

La dernière fois – l'ultime, avant de rendre ma couronne de *Point de Vue* –, c'était à Singapour, invitée par Chanel pour assister à l'un de ces événements dorénavant cultes de Karl Lagerfeld pour présenter sa collection Croisière ou celle dite des Métiers d'art qui met en valeur l'expertise unique des plumassiers, gantiers, brodeurs, chausseurs et autres fournisseurs français hors pair des maisons de couture réunis sous l'égide de la griffe.

Je passe sur les heures d'avion rien qu'à soi avec un verre de très bon bordeaux à rêvasser ou à gossiper avec mes bonnes copines de la presse. Je passe aussi sur la noria des limousines qui nous cueillent à l'aéroport en embarquant nos petites valises et les sourires de l'équipe du service de presse sur le pont dans le hall de l'hôtel. Même s'il y aurait là déjà de quoi se prendre pour une star, gare au syndrome ! Faut pas s'y croire, c'est le journal et ses lecteurs qui le sont, et c'est grâce à eux qu'on est de la fête.

Cette fois-là encore, j'ai atterri dans une chambre de rêve. Orchidée, fruits frais et champagne frappé dans son seau, posés sur la table avec message de bienvenue du directeur, méga télé, flopée d'oreillers rebondis, lit *king size* et crèmes de jour et de nuit griffées du double C en cadeau dans la salle de bains. Et, sur le bureau, bien en vue, mes cartons d'invitations et le planning de nos réjouissances dont, une heure plus tard, un déjeuner sur la « plage » de cette fameuse piscine à débordement flanquée sur le toit-terrasse au 57e étage de la Tour Marina Bay Sand avec vue vertigineuse sur les gratte-ciel de cette petite Suisse d'Asie du Sud-Est par ailleurs brumeuse, moite et très ennuyeuse. Je n'irai pas y passer mes vacances, mais grâce à Karl – *veni, vidi* mais pas convaincue cette fois – c'est encore un cadeau.

Tout à mon bonheur d'être délestée de la réalité quotidienne, à peine ma valise posée, mes affaires pendues, je me suis précipitée dans la salle de bains. Avec l'idée d'en ressortir lovée dans le peignoir mousseux à col châle, une serviette nouée sur la tête, une couche de ce masque 100 % déstressant et hydratant sur le visage pour admirer la vue le temps d'une gorgée de champagne dans le verre à dents – je n'aime pas les coupes. Un plan de midinette certes, mais pourquoi s'en priver ?

Marbre noir au sol, double vasque, pluies de lumière, vaste baignoire à jacuzzi dont je n'aurai pas l'usage, je n'aime plus mariner dans un bain chaud. Par conscience écolo, mais pas seulement. J'aurais l'impression de me ramollir, ce n'est vraiment plus le moment. Mais la douche format XXL aux parois de verre était là qui m'attendait dotée d'une rampe de massages aux jets bienfaisants, idéale pour des ébats en duo, ce n'était pas non plus le sujet du jour. Avant de m'y précipiter, vérification d'usage pour ne pas me gourer de manip' en m'évitant la cascade par le pommeau du haut, je frise et j'ai horreur des bonnets de bain.

C'est alors que. Mais c'est qui ça ? Dans un miroir géant que je n'avais pas repéré, telle une ennemie tapie sur le mur du fond entre gouttes et buée m'est apparue une silhouette familière mais que je ne reconnaissais pas. En d'autres circonstances, j'aurais pu être touchée par ces plis ou glissements de chairs, autant de strates et sédiments d'une vie longue et intense. Seulement voilà. Ce corps, cette femme, c'était moi. Fin du rêve, la magie du palace était brisée. Me voilà rattrapée sans ménagement par ma réalité.

Je ne suis pas la seule – pour les hommes *idem*, même s'ils paraissent moins concernés, ils ne peuvent rester insensibles devant le constat des dégâts du temps –, les jours d'inspection en règle, je ne me ménage pas. Je sais, je vois, j'observe tout du pire, du moins bien et de ce qui se maintient encore à peu près. Avec en tête de ma *check list*, sans même le fatal bilan côté fesses, l'intérieur des cuisses et des bras en rideau entre plissé/drapé et peau figée sur le bol de lait entier de mon enfance qui déjà me dégoûtait. Qui en est là le sait bien, on est vis-à-vis de soi d'une cruelle lucidité et notre propre regard sur nous-mêmes est de loin le plus sévère de tous. Mais c'est entre soi et soi et, surtout, au moment où on le décide pour pouvoir y faire face. Là, confrontée au regard glacé d'un bel indifférent dont je me serais trop vite entichée, c'était un coup bas et un rude retour à la réalité.

Clap de fin. Zappée, la scène du peignoir. Il est temps de passer au plan suivant pour retrouver notre joyeuse clique. D'autant que. Habillée, je (me) fais encore illusion.

9.

What's new Pussycat ?

Je me teins la chatte

Oui, je vois, j'entends, *Wouah oh Wouah oh Whouah oh !* ça vous fait sourire tout en vous invitant à enchaîner *Pussycat Pussycat, I love you, yes I do !*, ce tube des années soixante où la voix chaude de Tom Jones clamait vouloir embrasser les *pussycat lips* (*Whouah oh Wouah !*) de sa belle le temps d'un slow torride, dont on reprenait les paroles en chœur sans tout saisir du double sens. Moi en tête, qui rêvais que Jean-Louis – si tu es encore par là, fais-moi-signe –, l'amour de mes quinze ans, m'embrasse enfin sur les lèvres. Des années plus tard, avec ou sans Tom Jones, de moi à moi et de moi à vous, c'est ma ritournelle du jour, tu es ma chatte et je veux *care for you.*

Même si le secret est bien gardé, rares sont celles qui y coupent à cette canitie, le terme médical pour nommer la pilosité qui blanchit. Un mot pas si éloigné de calvitie pour un phénomène de mélanine qui s'étiole sans plus atteindre le bulbe. Un syndrome qui touche les cheveux avant les poils, allez savoir pourquoi. Question d'exposition à la lumière ou de mélanocytes paresseux, ça commence par le haut puis descend à l'entresol. Mais là, passé le cap des ans, c'est carrément sinistre si on s'y attarde sans s'y atteler. Sachant que plus ils blanchissent, plus ils s'éclaircissent – dans le sens clairsemé d'un buisson déplumé. Ce qui d'emblée ne saute pas aux yeux – preuve qu'on se fait à tout d'autant qu'on ne se scrute pas avec la même curiosité anxieuse qu'à vingt ans. Parfois même, on s'évite. Jusqu'au jour où. Nouvel amour en ligne de mire ou choc après s'être entrevue de face et en pied en sortant de sa douche, on se décide. Et c'est là que ça se complique. Parce que l'affaire est délicate. En tout cas, la première fois. Ensuite, on prend ses repères, ou la main. J'y reviendrai.

Pour parer au plus pressé en mêlant l'utile au futile, quoi de mieux que l'étape déjeuner avec l'amie experte en adresses pour la ride du lion et l'épilation au laser à laquelle on peut demander : « Et toi, tu vas où pour te faire teindre ? » Sauf que. Entre celle qui n'y est pas encore – ça se joue à deux ou trois ans près –, celle qui ne les voit pas ou s'en moque, donc n'y va pas, on prend le risque, entre deux bouchées de salade César bio, de se voir répliquer un rébarbatif « tu en as, toi, des poils blancs ? » qui nous renvoie à la case dégénérescence d'un jeu de l'oie version senior. Ou de la faire méchamment pouffer tant la situation lui semble absurde : « Tu veux te teindre la chatte mais pour qui ? Moi, je m'en fous, *too late* ! »

Pas moi. Trop tard ne fait pas partie de mon vocabulaire. À l'école des femmes, je remercie ma mère, ma tante, et mes grand-mères, l'Anglaise qui envers et contre tous préférait les femmes et la Parisienne qui adorait les hommes mais préférait les femmes. À l'époque où les mamies de mes amies avaient depuis longtemps abdiqué pour prendre l'allure de leur emploi du temps, les miennes étaient féminines jusqu'au bout de leurs ongles aux griffes théâtrales pour Nicole, aux lunules surlignées de vernis rubis pour Kitty. Plus tard, la tête déjà ailleurs, Nicole continuait à glisser d'un geste précis deux petites épingles à cheveux en fer guilloché de chaque côté de son visage pour fixer ses mèches en accroche-cœur, sa signature du temps où elle aguichait son monde.

Second essai et réponse tout aussi radicale d'une amie qui me rétorque sous réserve de garder l'anonymat : « Comme c'est la mode et comme les mecs préfèrent, c'est réglé, je n'ai plus rien, elle est entièrement épilée ! » Pas plus pour moi que le « trop tard », je laisse à la génération de ma fille cette mode dudit ticket de métro tout en me demandant ce qui leur plaît tant dans ce look pré-pubère. Nostalgie de l'enfance, peur de grandir ? Dans les années *peace&love*, c'étaient les sourcils qu'on s'épilait pour ne laisser qu'un trait. Au point que certaines d'entre nous ont dû passer par l'étape tatouage des années plus tard pour étoffer le regard. L'intervention risque d'être plus aléatoire côté chatte. Encore que, progrès et implants aidant, qui peut prévoir où on en sera du système pileux dans vingt ans ?

Bon. Faute de bon filon, reste la solution d'aller chercher soi-même l'adresse adéquate. Sachant que, de préférence, il faut éviter de se rendre dans l'un de ces instituts nichés au cœur des palaces au risque de se faire snober et se voir au passage proposer une crème au prix du Beluga pressé. À moins, évidemment, d'y avoir ses habitudes auprès d'une complice préposée au soin de notre visage et, accessoirement, à l'épilation du maillot – cette expression pudique utilisée par les journaux féminins pour nommer le débroussaillage d'avant l'été qui impose la même position intime que chez le gynéco, les étriers mis à part mais ce n'en est pas moins gênant. Mieux vaut s'adresser d'emblée au sympathique centre esthétique du coin de sa rue pour demander, l'air dégagé, s'ils font des teintures de… – pubis sonne pudibond, mont de Vénus un poil ampoulé. Mais il faut être prête à affronter le sourire insidieux de la demoiselle en blouse rose qui donne envie de lui rétorquer « et oui ! à mon âge » avant qu'elle ne réponde « non, désolée nous ne faisons pas ça » en faisant siffler son « ça » façon vipère.

Reste alors le *do it yourself* qui nécessite une préparation minutieuse en vue d'une séance exigeant souplesse, concentration et doigté. En préliminaire, ne pas hésiter à hésiter au rayon teintures du Monoprix en lisant attentivement les notices pour ne pas s'emmêler les pinceaux. Prendre de préférence « coloration permanente » et insister sur la « couverture optimale des cheveux blancs ». Enfin, ne pas reculer devant le détail du « sans effet casque », on s'en balance, en l'occurrence il s'agit plutôt d'un mini bibi façon kippa.

Ensuite quelques règles s'imposent.

Il faut s'assurer qu'on est seule à la maison pour éviter les « maman-où-sont-mes-baskets ? » alors qu'on est en pleine manip', assise du bout des fesses, jambes écartées sur le rebord de la baignoire. Le lavabo, c'est trop haut, avec les pieds dans le vide, on risque de perdre l'équilibre en cherchant à se rattraper et là, ça déborde.

Avant de prendre position, poser à portée de main le bol où mélanger mélasse et révélateur avec son petit pinceau pour étaler la mixture sans oublier son téléphone pour ne pas avoir à se pencher pour l'attraper, ce qui peut être fatal.

Puis glisser délicatement deux ou trois Kleenex sur les *lips* de *pussycat*, les muqueuses sont fragiles. Et protéger l'intérieur des cuisses d'un zeste d'huile vitaminée afin de parer aux traces de teinture trop longtemps indélébiles.

Laisser poser sans bouger quinze minutes minimum avant d'enjamber, arc-boutée, le bord de la baignoire pour maintenir l'écartement réglementaire – oui, je sais, la position est grotesque, mais peu importe, personne ne nous voit. Et s'il vous prend de glousser en vous croisant dans la glace, restez concentrée pour éviter de glisser.

Rincer alors abondamment tout en pensant à décoller les doigts de pied façon *Ève* de Cranach, sinon fini les coquillages nacrés pour frimer dans ses sandales Roger Vivier.

Pour terminer l'exercice en beauté, ne pas hésiter à s'offrir une petite séance de *grooming*, terme anglais pour lustrer les crinières et de *prunning*, idem pour tailler les rosiers, armée d'un fin ciseau afin d'égaliser tel sur un bonzaï les pousses rebelles avant de passer la brosse, pas dans le sens du poil, pour un volume maximum. Puis talquer et parfumer.

Il fut un temps, avant/après cinquante ans, où je suis passée par cette étape dans le secret de ma salle de bains. Jusqu'au jour où, chez mon esthéticienne d'alors, une charmante Roumaine à l'accent rugueux et aux doigts délicats, j'ai découvert qu'il y avait une solution moins acrobatique au résultat 100 % satisfaisant. M'avait précédée dans sa cabine une de ces figures du Tout-Paris qui lui avait demandé ce petit service pour cause de romance en vue, ce qui m'avait épatée d'autant plus qu'elle n'était franchement pas jeune. Du coup, confidence pour confidence, j'ai osé lui demander la même faveur. Quelques semaines plus tard, lors d'une première au Châtelet, j'ai croisé mon inspiratrice, rayonnante, au bras d'un bel homme à la crinière blanche – qu'elle a d'ailleurs épousé. Preuve que ce n'était pas qu'un désir de masquer les dégâts du temps – ils étaient à égalité de ce côté-là –, mais bien une histoire entre soi et soi où chacune fait comme elle se plaît.

Dernièrement, lors d'un de ces dîners entre filles où l'on parle en riant du temps, des hommes et de nos vies autour d'un verre de vin blanc, je racontais cette histoire de chatte à mon amie Anne qui m'a rétorqué, sidérée :

— Mais tu te teins, toi ? Moi pas.

— Toi ? Tu t'en fous ?

— Non, je suis blonde, ça ne se voit pas !

Wouah ! Voilà pourquoi Mummy ne m'en avait jamais touché mot. Mummy, blonde comme des blés mûrs, qui m'avait offert à quatorze ans ma première épilation (ouille !) chez Coryse Salomé, place de l'Opéra, son salon de beauté selon l'expression de l'époque où elle se faisait teindre les cils en prévision de l'été. Mummy qui m'a initiée toute mon enfance, soir après soir, aux secrets de la féminité – et accessoirement aux désirs de l'homme – quand je la retrouvais dans sa chambre pour lui raconter ma journée de classe à l'heure où elle se préparait à revêtir ses atours de femme fatale pour accueillir Michael, son mari, mon père, à son retour de la banque. Après s'être baignée et talqué le corps à coups de houppette au parfum suave du *Rose Geranium* de Floris, elle s'asseyait à sa coiffeuse en dessous noirs, posée de guingois sur son tabouret pour ne pas écorcher ses bas de soie. Notre temps était alors compté. Déjà, elle se dépêchait, mon père étant d'une ponctualité implacable. Venait le moment où elle crachait sur la pastille de Rimmel façon palette d'aquarelles pour en enduire la petite brosse aux poils écrasés d'avoir été trop frottés. Puis elle en gansait son regard souligné d'un trait d'eye-liner avant de coller d'un geste précis sa frange de faux cils en tirant sur sa paupière avec une drôle de grimace qui me faisait rire chaque fois. Alors elle déposait derrière ses oreilles et entre ses seins une goutte enjôleuse de *Joy* de chez Patou, cadeau rituel de Michael à Noël avec ces déshabillés *baby doll* couleur cuisses de nymphes en émoi – le terme pour ces rose nuage révélés par Karl Lagerfeld des années plus tard – que mon père m'emmenait choisir rue du Faubourg-Saint-Honoré dans une boutique de lingerie fine où il avait ses habitudes.

Ensuite, elle se glissait dans sa robe ajustée en se tortillant pour faire descendre la doublure. Elle m'offrait alors son dos en se penchant « tu peux m'aider mon amour ? » afin que je remonte la fermeture Éclair tandis qu'elle se dégageait les seins – « c'est ce que j'ai de mieux » – pour qu'ils rebondissent. Alors elle posait son rouge à lèvres sans se regarder avant d'embrasser le dessus de sa main, retirant ainsi le superflu, un truc qu'elle m'a transmis au grand étonnement des maquilleuses à la télé. Espérant prolonger ce moment d'intimité, je jouais à la femme comme d'autres à la marchande, ouvrant tous ses petits tiroirs à fards avec d'autant plus de bonheur qu'une fois mon père rentré de la banque, mon heure avait sonné. Mummy était tout entière tournée vers lui. Et à lui.

Si, des années plus tard, quand mon tour est venu, j'ai eu avec cette image de la féminité une relation pour le moins distante, et d'ailleurs pas de seins non plus à offrir aux regards, je me dis que cette histoire de se teindre la chatte, elle, n'est vraiment pas due au hasard.

10.

Refaire l'amour

(et sa vie ?)

Pendant des mois, des années – du moins trois –, je n'attendais rien, je n'espérais rien. Enfin, ce n'est pas tout à fait vrai. Passé les premiers mois après le 5 juin fatal, je suis sortie beaucoup, et souvent. Pour représenter *Point de Vue*, mon nouveau job venu pile au bon moment pour m'extirper du quotidien de ma douleur et me pousser à revenir dans la vraie vie. Je dois beaucoup au chasseur de têtes qui m'a repérée et à la rédaction qui m'a acceptée alors que mon passé professionnel et ma réputation de « gauchiste féministe » n'étaient pas le meilleur des CV pour reprendre un magazine consacré aux majestés, un monde dont je n'avais aucune idée et qui ne m'avait jamais fait fantasmer – même pas ma *Queen* à moi ! C'est eux qui m'ont tout appris et avec eux que j'ai aussi repris pied. Sous l'alibi du devoir, je ne refusais ni dîners, ni soirées, ni vernissages, ni projections ; toutes les invitations « officielles » étaient bonnes à prendre. Je m'étais promis qu'il y aurait une vie après la mort autre que celle de veuve, j'avais peur de rétrécir, de me réduire à ma peau de chagrin. Alors, quand je sortais, chaque fois je me forçais à regarder autour de moi, mais les hommes, toutes qualités confondues, me semblaient tellement plus conventionnels/attendus/moins beaux/pas drôles comparés à Mahot que je rentrais à la maison sans regret. J'étais seule et ce n'était pas qu'une histoire de deuil même si mon désir aussi était en berne. D'ailleurs, passé les premiers mois de désert, plus par devoir que par plaisir là encore, et sans aller jusqu'à l'achat d'un de ces *sex toys* mis à la mode par Nathalie Rykiel – je n'étais pas d'humeur ludique –, je me suis obligée à maintenir aussi cette vie intérieure-là, et bien m'en a pris.

Il a suffi d'une envie de déménager, d'une amie qui me voulait du bien, d'un appartement qui se libérait. Et il y a eu cette rencontre avec Mathieu et l'envie à nouveau d'être belle, de plaire, de me laisser séduire, de me confier et de faire confiance à un homme. Et j'ai retrouvé cette sensation exquise du corps et du cœur qui frissonnent dans l'attente d'un coup de téléphone. Mathieu dont je ne parlais pas la langue mais qui s'exprimait si bien dans la mienne et d'autres encore. Mathieu et sa vie de bohème qui me décontenançait et me surprend toujours. Quand je l'ai vu pour la première fois, ce jour-là, dans son atelier, où j'allais tenter de refaire ma vie en changeant de décor pour surmonter le chagrin de mon amour perdu, comme foudroyée, j'ai émergé de ma nuit noire.

Une flopée de mails et de textos plus tard, je suis allée le retrouver à Berlin sous le prétexte de le voir sur scène déclamer un long monologue dont je ne comprenais pas le moindre mot. Une première à plus d'un titre. Qui n'a pas été la dernière. Depuis, si j'ai quitté l'atelier, si Mathieu habite encore en Allemagne, si nous avons chacun notre quotidien, nous sommes liés à jamais. Pour le meilleur et parfois aussi pour partager le moins facile de la vie.

Tomber amoureux est un heureux cadeau du hasard. Le cœur ne connaît pas de limite d'âge ; tant qu'il bat tout peut arriver. J'y crois et je m'y tiens. Jusqu'à la fulgurance du coup de foudre qui vient tout chambouler. Quant au désir, là encore un regard, un geste, un frisson et la belle ou le beau au bois dormant qui sommeillait en nous peut retrouver ses esprits. Mais passé une certaine date de fraîcheur garantie se pose la cruelle question du corps. Celui qu'on a eu, celui qu'on n'a plus, sans même aller jusqu'à anticiper celui qu'on aura. Au jour le jour, grâce à quelques subterfuges et à l'indifférence des habitudes, on s'en arrange. Mais quand vient le moment de la première fois, être une femme libérée n'empêche pas la timidité voire les mains moites. Même si l'on a passé l'âge d'être vierge depuis un bail, même si l'on a eu des maris, des amants, des enfants et un bon prof de gym. Même si, même si.... On se retrouve telle une jeune fille dans le corps d'une femme qui a vécu donc vieilli.

L'amour dans le noir, c'est ridicule, on est aussi là pour se regarder. Baisser un peu l'abat-jour ? Cela fait vraiment vieux poète qui connaît ses classiques, c'est déjà un bon point mais ce n'est pas non plus un des plus beaux de la littérature française. Mieux vaut se laisser emporter sans rien s'interdire par la vague de son désir comme ma toute première fois sur ce lit étroit où j'ai fait l'amour avec le premier de mes premiers. Quant à « refaire ma vie », c'est la mienne qui continue.

11.

Plus ça va

moins ça va

À la maison, c'est réglé mais non sans anicroche. Il m'a fallu passer et repasser par l'étape gesticulations sous le jet indifférent de la douche/buée qui s'en mêle/rideau qui colle et guibole glissée façon – je dis bien façon – Crazy Horse pour attraper sans glisser mes lunettes restées sur le rebord du lavabo tout en saisissant au vol de quoi les essuyer. À force de me retrouver la chevelure enduite d'une texture qui refuse de mousser et prend des heures à rincer surtout avec mes cheveux frisés pile le matin où j'étais en retard, je me suis enfin organisée. À droite le shampoing, à gauche le démêlant. À l'hôtel, *idem*. Devant le bataillon de flacons format bonzaï à la typo microscopique flanqués en rang serré sur le rebord du lavabo et leur double sur l'étagère de la douche, le gel en prime/la crème pour le corps en moins, c'était tout aussi délicat. Mais là encore, à la longue, j'ai appris. Je trie avant d'entrer et je repositionne la troupe.

C'est le problème avec la ride de l'œil, plus ça va, moins ça va. Dorénavant, sans lunettes, de près, c'est le total flou. Lire un sms ? Même en clignant, même en se le collant sous le nez, on oublie ! Et ce malgré mon nouveau téléphone format méga. Un article ? À peine puis-je deviner le titre de la Une du *Point*. Retrouver un numéro dans mes contacts ou appeler un taxi en cas d'urgence serait peine perdue, l'idée m'angoisse même si cela ne m'est pas (encore) arrivé. Je ne vois pas non plus qui m'appelle sauf mes enfants dont je reconnais l'espace que prend leur prénom, je les ai inscrits en lettres capitales.

Au réveil, sans celles que j'appelle « mes yeux » toujours posées à portée de main sur ma table de nuit, mes pupilles encore endormies rechignent. Et pourtant j'aime particulièrement lire au lit à l'aube avant de commencer ma journée. Pas *Le Monde*, ça c'est le soir, mais mon livre du jour. Mais, là encore, tout dépend de l'éditeur. Chez certains, Actes Sud par exemple dont je picore quelques pages avec délectation du journal d'Henry Bauchau, *Les Années difficiles*, mon cher sujet, c'est peut-être lié au par ailleurs très beau format mais le corps des lettres – du 10 ? du 12 ? – me paraît encore plus minuscule. Ce qui me rappelle des courriers de nos fidèles abonnés que je recevais à *Point de Vue*. Lors d'un changement de maquette, ils se plaignaient de notre nouvelle typo, trop petite à leurs yeux, plus moderne et élégante aux nôtres. On s'en moquait un peu, je les comprends mieux aujourd'hui. Il ne faut pas oublier ses « vieux » lecteurs. Et j'en fais dorénavant partie.

Longtemps j'ai eu 10 sur 10. Pas à l'école, sauf en gym, mais à chaque œil. Je pensais qu'on naissait bigleux pas qu'on le devenait comme ma voisine en classe de 8e. Au passage, cela me fait peut-être prendre cent ans mais, depuis, je n'ai toujours pas compris entre CM1 et CM2 où était la 11e et à quel moment cela correspondait à la 8e. Et ce malgré vingt ans de réunion de parents au petit collège. Comme quoi il n'y a pas que les yeux qu'on perd, ses repères aussi.

Et puis, je ne sais plus quand exactement, il y a une vingtaine d'années, j'ai eu besoin de lunettes pour y voir clair – dans mon métier, je passais beaucoup de temps à lire et à relire de la copie et les légendes sous chaque photo avant de les envoyer à l'imprimerie ; à la longue, ils se sont usés et l'ordinateur n'a pas dû aider. Ce n'est pas que je ne voyais pas mais « avec », c'était moins fatigant. Au début, j'aimais bien. Je trouvais très féminin ce geste de les sortir de mon sac pour regarder la carte au restaurant. Sexy aussi pour lire au lit, ces petites rondes genre Diane Keaton dans *Annie Hall.* Et puis séduisant comme accessoire de mode, j'en avais plusieurs paires de couleurs différentes que j'achetais à la pharmacie mais surtout lors de mes voyages au Japon du temps où j'étais à *Vogue* dans les années quatre-vingt. Là-bas, ce pays où chaque objet est un bonheur pour les yeux, le choix était vaste et les montures plus design que nos modèles standard façon Sécurité sociale, les belles aux montures mates et colorées de chez Colette n'étant pas encore nées. De toutes les façons, aujourd'hui, mes deux yeux ne sont plus raccord, donc c'est foutu.

Et puis un jour, quelque dix ans plus tard, Guitte, ma belle-mère, m'a tendrement offert une paire de lunettes de soleil en galalithe jaune qu'elle portait dans les années cinquante et dont j'étais tombée raide dingue. Voilà comment dans l'ascenseur de *L'Express* que je prenais tous les jours depuis des années – j'y étais alors grand reporter –, j'ai soudain clairement vu le bouton du cinquième étage et précisément le visage de mes voisins jusqu'aux poils dans le nez – c'est un des avantages de la vue qui baisse, on s'évite les détails qui tuent. Il m'a fallu un peu de temps pour réaliser que ce n'était pas lié à la taille ou à la couleur miel de leurs verres mais au fait qu'ils étaient correcteurs. Du coup j'ai pris rendez-vous avec ce cher docteur Beauregard – ce n'est pas une blague, c'est son vrai nom – qui m'a confirmé que ma vue commençait à baisser et pas seulement celle de près. Que cela avait à voir avec l'âge et qu'il me fallait des lunettes à plein temps ou des lentilles mais – on a fait le test – je n'avais « pas assez de larmes », ce qui m'a fait sourire, car pris au premier degré c'était plutôt gai. Depuis, je n'ai plus jamais marché le visage « nu » et je le consulte régulièrement parce que ma vue ne s'arrange pas non plus. Mais je ne me souviens jamais des chiffres de ma vision et je ne sais toujours pas si je suis myope comme 30 % des Français, astigmate comme 15 %, hypermétrope comme 10 % ou les trois mon capitaine. À moins que j'appartienne au club des presbytes qui, selon une étude récente du Syndicat national des ophtalmologistes, devraient être 25 millions en 2020, un chiffre « lié au vieillissement de la population ». Par déduction, ce doit donc être mon cas.

— Fais-toi opérer au laser, me conseille une amie. Il n'y a pas à hésiter, ma sœur l'a fait, c'est génial. De loin, elle voit parfaitement, elle a juste besoin de lunettes pour lire, maintenant.

Moi, j'ai les jetons. J'ai peur de ne plus voir du tout ou trouble tout le temps. Et en plus je ne sais pas quelle option choisir. Voir sans de loin, ou de près ? Un dilemme qui me rappelle cet album que je lisais à mes enfants, qui les mettait devant des choix impossibles du genre « préférerais-tu que ton père chante dans une allée du supermarché ou que ta mère danse sur la table pendant une réunion de classe ? »

« Toi, que choisirais-tu ? » ne cessé-je de demander aux porteurs de lunettes dont je respecte le bon sens. « Pour toi, qu'est-ce qui est mieux ? De près ? Vraiment ? D'accord… mais on ne lit pas tout le temps. Et sur l'ordinateur, tu fais comment ? »

Sans même compter celles pour marcher en ville au soleil et celles pour lire sous le cagnard, au quotidien, dans ma vie, trois paires n'accompagnent. Celle sur ma table de nuit qui ne la quitte pas, et par précaution j'ai gardé les précédentes dans un tiroir au cas où celles-là casseraient. Une paire sur le clavier de mon ordinateur équipée de verres Interview qui portent bien leur nom mais que je prends avec moi quand je vais taper ailleurs. Avec elle, je peux et prendre des notes et regarder mon interlocuteur, un vrai luxe. La dernière, toujours sur mon nez, avec ses verres progressifs antireflet qui s'encrassent sans cesse – une autre barbe, je cours toujours après une lingette. Mais grâce à cette version moderne du double foyer, comme on disait autrefois pour ces verres loupe qui coupaient en deux le regard et faisaient les yeux globuleux, je peux ne pas rater une marche, voir si c'est le bus 68 qui arrive ou le 86, regarder la télé sans chercher mes (autres) lunettes et lire les flash infos qui passent en boucle en bas de l'écran sur iTélé en même temps que me délecter des mimiques de l'expert en réchauffement climatique. Pas question de perdre ou de casser les trois en même temps. Ni de changer tous les verres d'un coup, ça coûte une blinde et les mutuelles sont pingres. Comme pour les dents. Pourtant les deux sont aussi vitales… Alors, question récurrente, si je me fais opérer, qu'est-ce que je choisis ?

C'est tout sauf « une opération anodine et de confort », explique le docteur Lebuisson dans *Le Point*. Rien qu'à lire les effets secondaires et les « risques indésirables » allant de la sécheresse oculaire – le côté vaginal en pire, pour les yeux, il n'y a pas d'heure – à l'ectasie, une « déformation définitive de la cornée », je flanche. Même si ces effets ne concernent que 24 % des cas pour la sécheresse et moins de 1 % pour la cornée, cela me confirme dans ma décision de ne pas. En plus, mes lunettes sont un remarquable masque antirides qui met une certaine distance entre le regard d'aigle des autres et mes marques du temps. Et sans aller jusqu'à opter pour les méga modèles à la Peggy Guggenheim, elles sont aussi une signature. À condition de bien choisir sa monture.

Papillon, rondes ou rectangulaires ? À chacun ses chacunes en faisant attention à celles qui laissent trop voir les sourcils ou mettent l'accent sur les cernes sans même parler de la question de leur couleur. Et c'est là où l'affaire se complique. Pour essayer, il faut retirer les siennes, du coup on ne se voit pas. Sauf dans le miroir grossissant pour l'effet de près mais pour la vue d'ensemble, il me faut reposer les neuves sur les anciennes. Acrobatique. Difficile alors de faire le tri entre ce qui vous sied et ce dont on a envie. Les opticiens sont de bon conseil mais je préfère prendre une assurance tout risque en y allant avec l'ami(e) qui a l'œil pour m'éviter une tocade. Comme lors d'une *blind date,* avant de partager ses jours et ses nuits mieux vaut s'assurer d'aller bien ensemble. Avec ses lunettes aussi, la vie est longue.

12.

Le jour où

je suis (re)tombée en enfance

L'autre jour, je me suis cassé la gueule dans la rue, cela ne m'était pas arrivé depuis des lustres. Je sortais de la Fnac où je venais d'acheter des écouteurs. J'en rêvais depuis un bail – je n'aime pas les petits aux fils maigrichons qu'on coince à moitié dans les oreilles –, tout en sachant que c'était un caprice dont je pouvais me passer. Et puis, ce jour-là, partie pour acheter des cartouches d'encre pour mon imprimante portable, j'ai craqué. Parce que j'avais enfin appris à gaver mon tout nouveau téléphone de mes musiques préférées grâce à Melchior ? Parce que j'allais prendre le train pour la Provence et que la perspective d'écouter pour la première fois les *Impromptus* de Schubert par Brigitte Engerer ou le dernier album de Leonard

Cohen en regardant filer le paysage me réjouissait ? À moins que ce soit tout simplement parce qu'en flânant, un des charmes du temps libre retrouvé, j'ai atterri au rayon « Son » soudain saisie d'une excitation exquise qui m'a ramenée des années en arrière, quand je passais des vacances chez ma grand-mère anglaise.

Kitty, dès le lendemain de mon arrivée à Londres, ma main dans sa main, m'emmenait chez Fortnum&Mason, le grand magasin au cœur de Piccadilly pour m'y m'acheter ma nouvelle paire de souliers *Start right* rouges et à brides, toujours une demi-pointure au-dessus pour que mes pieds « puissent pousser sans être recroquevillés », son truc de grand-mère que j'ai gardé et grâce auquel ils sont encore impec et ceux de mes enfants *idem*. Puis venait l'essayage – « tu as encore grandi ! » – de la sempiternelle robe de chambre écossaise en laine sèche qui râpait mes doigts flétris d'avoir trop longtemps mariné dans mon bain à attendre d'être autorisée à en sortir. Ensuite, et seulement ensuite, on passait dans un monde merveilleux où elle me laissait hésiter pendant des heures, « prends ton temps, *my little darling* », devant les trains et les costumes de cow-boy ou d'Indien, j'aimais aussi les pistolets qui vont avec – les poupées m'ennuyaient.

Ce jour-là à la Fnac, devant le rayon des casques, j'ai dû revivre quelque chose de semblable, un je ne sais quoi d'enfantin qui ne m'arrive plus si souvent. Après moult atermoiements, d'autant que je n'y connais rien, j'ai opté pour un modèle basique de Bose. Il existait en « noir mat » passe-partout et efficace mais aussi en « violet », ce mauve dilué qui a contaminé l'univers mollasson des joggings, baskets, sweat ou sacs à dos pour fillettes et que j'exècre. Et enfin en « vert *mint* », couleur qui sur l'emballage hésitait entre un peigne pour le poney de Barbie et la glace à la pistache artificielle, improbable quand on a neuf fois l'âge de raison, et, sauf syndrome de jeunisme attardé, importable en public alors que justement c'était le but. C'est pourtant celui-là que j'ai choisi.

Et me voilà excitée comme une petite fille grisée par son nouveau jeu, étonnée de mon audace et surtout impatiente de voir son vert en vrai. Du coup, à peine sortie de la Fnac, j'ai essayé d'ouvrir sa boîte tout en traversant la rue de Rennes avec d'autant plus d'insouciance que la circulation était bloquée pour cause de manif sur le boulevard du Montparnasse. Et vlan ! Je n'ai pas vu le petit décroché du trottoir et je me suis étalée. Tout a valsé. Mon sac, la boîte avec le casque, mes cartouches, mon fric et ma carcasse. Le temps que je me relève, je ne sais pas comment d'ailleurs, je n'avais pas encore réalisé que j'étais tombée, deux jeunes femmes bien intentionnées se sont approchées en s'inquiétant de mon sort, preuve au passage que même si je ne « sens » pas mon âge, je dois en avoir un peu l'air. « Ça va aller, merci beaucoup. » Bien que flagada, j'ai ramassé mes affaires les mains tremblotantes et le cœur affolé, et j'ai repris ma route en me félicitant d'un « ben au moins t'as pas d'ostéoporose parce qu'avec un tel gadin, t'aurais plus ni tibias ni coudes ni poignets ! ». En fait, je me suis surtout amoché le genou, ce que j'ai compris en sentant un filet tiède couler le long de ma jambe et tacher un peu plus mon pantalon tandis que je rentrais à la maison. Je n'ai pas souvenir d'avoir fait une telle embardée au point d'embrasser le sol depuis mes années en patins à roulettes métalliques sur les allées goudronnées du jardin des Tuileries. À se demander si d'être retombée en enfance avec bonheur le temps d'un coup de folie m'a fait m'étaler comme le *Tom Boy* que j'étais sous mes robes en Liberty, porter des pantalons à Paris même les jours sans classe n'était pas d'usage à la fin des années cinquante.

Au-delà de ce moment de revenez-y franchement joyeux, je me suis sermonnée en me rappelant qu'il était temps de commencer à faire gaffe à mon âge – l'expression est barbante mais elle a du vrai. Même pour qui se croit épargnée par les ans, l'heure est venue d'être plus attentive à ce dont je n'imaginais pas un jour devoir m'inquiéter. D'ailleurs, j'ai noté dernièrement que je regardais plus souvent là où je mettais les pieds, surtout dans les escaliers, et je me suis même surprise dans le métro à me servir de la rampe pour descendre. Certes, ça me fiche un coup de pas jeune mais ça me rappelle cette phrase que l'on me serinait dans la langue de mon enfance, celle de l'insouciance : *« Mind your step ! »* Attention aux marches ! Tu vas te casser la figure ! quand je descendais quatre à quatre l'escalier en pierre de l'immeuble du quai Voltaire. Mais, au-delà de ces problèmes d'intendance naissants, m'est revenue ce jour-là, soixante ans plus tard, cette même joie d'une fraîcheur réjouissante et, double cadeau, qui se prolonge. J'adore mon casque de Barbie, le sortir de sa pochette gris perle m'enchante chaque fois. Et j'ai eu beaucoup de tendresse aussi pour mon genou écorché, il y a longtemps que je n'avais pas eu à lui coller un pansement. Comme quoi se sentir jeune ne tient parfois qu'à un sparadrap. À condition que cela aille avec un casque.

13.

Quand j'étais jeune

pour de vrai

Les vieux couples me touchent. Dans les aéroports, au concert, à une terrasse de café, dans une salle d'attente. Mais, va savoir pourquoi, surtout dans les aéroports. Parce qu'ils arrivent ensemble, parce qu'ils repartiront ensemble – oui, je sais, ce n'est pas écrit mais c'est ce que je me dis en les regardant de loin et même si j'en connais aussi la part terne, j'envie cette certitude des habitudes. Lui ou elle qui met la valise sur le tapis parce qu'elle ou lui doit avoir mal au dos. Elle et lui assis côte à côte, l'un plongé dans son guide, l'autre parcourant les pages d'un magazine. Lui ou elle qui a gardé les cartes d'embarquement et ce moment qui ne manque pas de rompre leur paisible attente – « mais c'est toi qui les as ! » avant de monter à bord. Cette idée de pouvoir compter sur l'autre m'émeut. Et puis ce nul besoin de se parler pour s'entendre. Sur ce plan-là, j'ai vraiment changé. Et, sur ce plan-là, j'admets que cela s'appelle vieillir.

Avant, quand j'étais jeune pour de vrai, du temps où sortir dîner en tête à tête était l'occasion d'un rendez-vous amoureux avec son lot de frémissements et de trop à se dire, les couples qui ne se parlaient pas à la table d'à côté m'apparaissaient comme le comble de l'ennui. Pis encore au petit déjeuner à l'hôtel, à peine un « tu veux quoi ? ». Plus tard, j'ai compris qu'il ou elle savait qu'elle ou lui était thé ou café, avec lait et sans sucre. À l'époque, j'attribuais leur mutisme à des nuits aussi plates que leurs jours, loin de la ferveur des lendemains d'amour, mes parents étant peu avares de démonstrations post ou préliminaires mais ne les ayant pas vus vieillir côte à côte, je n'avais pas non plus de références. Au contraire, pour ne pas juger la décision de Mummy qui avait justement mis sur le dos d'un quotidien devenu trop morne sa décision de divorcer, je m'étais consolée en me disant : « Mais comment peut-on rester ensemble quand on n'a plus rien à se dire ? Jamais cela ne m'arrivera ! » Et cela s'est avéré, mais pas de mon choix. Parfois je me demande où nous en serions, Mahot et moi, alors qu'en ce mois de juin nous aurions fêté nos vingt-cinq ans de mariage ? Marchant toujours la main dans la main ou n'échangeant plus que des bonjour, des tu vas bien ? des « Faut qu'on se parle des vacances de Melchior ».

Après deux fois vingt ans et quelques de vie en couple, je sais que ce n'est pas que délices et voluptés, que tout peut arriver, coups de foudre ou du destin, j'ai vécu les deux. Mais ces dernières années avec Mathieu, l'homme de ma nouvelle vie, j'ai aussi appris le bonheur de tout partager du meilleur – l'amour, les lectures, les virées, les amis, les rires, les questions – et même certains soucis en s'évitant le pire – factures, linge sale, devoirs, chaussettes qui traînent, agacements ou humeurs noires. Sauf d'avoir commencé ensemble très jeunes, il me paraît préférable, avec le temps, de ne pas être assignés à résidence et de se retrouver par intermittence plutôt que d'être obligés de s'échapper pour voler quelques heures de solitude. Peut-être est-ce là encore une question d'âge mais aujourd'hui je ne supporterais plus d'avoir à dire où je vais, ce que je fais, quand je sors, quand je rentre, ce « qu'on a de prévu » demain, dimanche ou la semaine prochaine. Ni penser Frigidaire, marché ou menu, tous les jours à tous les repas, avec à la clé le sempiternel « tu as envie de quoi pour le dîner mon chéri ? ». Ni qu'on me le demande, même si cela part d'une délicate intention. Faire la question et la réponse les soirs où je suis tranquille à la maison pour croquer sur le pouce un morceau de fromage avec *Le Monde* et un verre de bon vin est l'un de mes petits bonheurs de femme qui vit seule. Ou alors, au dernier moment, d'avoir envie de descendre prendre le plat du jour chez l'Italien d'en face avec en prime cet exquis sentiment de m'appartenir. Et puis – c'est une habitude prise lors de mes reportages –, j'aime m'attabler seule dans un restaurant et me raconter des histoires de vies en écoutant celles de mes voisins, un jeu qui date d'avant-hier. Avec Mummy on s'amusait souvent à « qui est qui » en épiant les conversations des tables d'à côté, ça rendait mon père dingue mais nous étions enchantées quand on avait deviné juste – « t'as entendu ?, j'avais raison, ce n'est pas sa femme ! » –, ma mère avait l'art de romancer la vie. La sienne et celle des autres.

Dans la réalité du quotidien à deux, quand vient l'étape cruciale de la retraite et du changement de rythme, se retrouver ensemble à plein temps provoque un inévitable choc. Quand l'un et l'autre ne vont plus au bureau après des années à se voir le soir pour se quitter le matin, ce qui revient à un mi-temps de la vie commune, il faut une période de réadaptation pas toujours aisée. Je l'entends chez mes amies aux mariages longue durée, elles redoutent ce moment où elle et lui se retrouveront à la maison « même pour le déjeuner ». Les enfants envolés, la vie professionnelle terminée, le tête-à-tête obligé peut devenir une épreuve pesante au quotidien.

J'imagine et je les comprends mais, en même temps, depuis que je vaque et que je flâne, portée par les hasards de la vie et mes envies, depuis que je peux passer plus de temps dans ma cabane dans le potager, j'ai des coups de nostalgie en pensant à Mahot qui en rêvait pour nous deux de cette vie, entre ici et là et de séance de cinéma le matin. Au début de notre histoire, quoique tentée j'ai résisté. Pas question d'arrêter de travailler pour le suivre en Inde et autres séduisantes utopies, j'aimais trop mon métier et mon indépendance financière, j'avais aussi peur des jours d'après, on ne sait jamais. Bien m'en a pris. Quand le destin doit vous croiser, que ce soit sur une route du Loiret ou du Kerala, il ne vous rate pas, c'est ce que je me dis. Mais voilà, venu ce moment où nous aurions pu être enfin ensemble à plein temps, en regardant notre jardin, ma gorge se serre et je pense à Mahot avec mélancolie, le manque vous surprend parfois là où on l'attend le moins.

C'est peut-être aussi pourquoi il m'arrive de fantasmer sur ces couples âgés qui auraient tout connu ensemble, les fougues de l'amour et les lendemains qui déchantent mais aussi leurs enfants petits, leurs parents encore vivants. Et peut-être même leurs grands-parents s'ils se sont mariés tôt.

Du temps de mon premier mari, j'avais regretté qu'on se soit connus trop tard bien qu'on se soit aimés très jeunes pour qu'il rencontre Pater et Nicole, mes grands-parents français morts l'année précédente. Un couple, là encore. Lui, André, modeste et ombrageux, austère d'apparence et pourtant si tendre dans les galbes de son mobilier en galuchat, scientifique de formation, ensemblier décorateur par goût et fervent latiniste qui s'endormait avec Tacite et revendiquait le statut de *pater familias* – d'où son surnom de Pater pour nous, ses petites-filles. Elle, fantasque et loufoque, frivole mais pas seulement, femme de poigne aussi et de talent, et figure de la vie parisienne dans leurs années de gloire. André et Nicole, amis de Zadkine, Jouhandeau, Lartigue, Colette, Max Jacob, Segonzac, Pascin, Marie Laurencin, Van Dongen, Léon-Paul Fargue, Cocteau et Picabia... « Nic et D.D. », inséparables au-delà des tours et détours d'un couple à l'esprit libre et aux mœurs parfois légères. Enfin surtout Elle.

Alors que Pater s'éteignait à l'hôpital, ma grand-mère, depuis longtemps embourbée dans le marécage d'Alzheimer, avait elle aussi commencé à faiblir comme si son cœur battait toujours pour lui, même en étant hors du monde. Et puis, un matin, Pater a lâché prise. Aux pompes funèbres, Benoîte et Flora en souriaient presque entre leurs larmes d'avoir à demander aux croque-morts d'attendre de savoir s'ils seraient un ou deux pour fixer une date d'enterrement – une situation burlesque à l'image de leur enfance. Sans mots à sa portée, l'extravagante Nic, trop coquette pour être à l'heure, se débattait faute de pouvoir hurler comme à son habitude : « Attends-moi, D.D., j'arrive ! » Et trois jours plus tard, après des années de séparation imposée, Pater et Nicole se sont retrouvés au Père-Lachaise pour être ensemble portés en terre.

Quand j'ai rencontré mon second mari, de mon enfance il ne me restait plus, si j'ose dire, que Mummy et Vanessa, ma sœur. Et Mahot, que sa mère et son frère, Yves. J'aurais aimé connaître le père de mon mari, personnage imposant d'apparence et au-delà. Et j'aurais aussi aimé que mon père, qui avait toujours taclé mes hommes de sa cruauté jalouse, rencontre mon nouvel amour dont les points communs ne m'avaient évidemment pas échappé. Jusqu'à la voiture lustrée avant de partir en voyage – quand Œdipe va se nicher dans la peau de chamois…

De Mathieu, mon fiancé des jours d'après, j'ai connu les deux parents partis depuis peu, à plus de quatre-vingt-dix ans, après plus de soixante ans de vie commune. À ses yeux de fils aîné, le couple de son enfance n'avait été qu'éclats et conflits. Aux miens, c'était un duo apaisé, complice et poétique, qui jouait des après-midi entiers au Scrabble dans leur salon aux fauteuils fatigués de leur maison sur un lac à Lübeck. Et d'une certaine façon, je l'enviais d'être encore, à soixante-trois ans, l'enfant de quelqu'un. Et dans son cas, de ses deux parents. Même si à la mort de mon père, j'ai eu le sentiment libérateur de m'appartenir enfin, j'ai mis des années à le pleurer. Quatre ans plus tard, à la naissance de ma fille Merry, j'ai regretté qu'ils se soient manqués et de ne pas avoir pu partager avec Daddy mon bonheur d'avoir une fille après mes deux fils qu'il a heureusement eu la fierté de voir un peu grandir en tenant son rôle de grand-père – même hors norme. Quant à mon fils Melchior, sept ans plus tard, il n'aura eu droit qu'à quelques années avec ses deux grand-mères déjà déclinantes quoique présentes. C'est ainsi lorsqu'on fait des enfants tard, il leur manquera toujours des pans de leur histoire.

L'année dernière, partie quelques jours dans un de ces endroits où justement les personnes pas jeunes vont se requinquer hors saison le temps d'une cure avec vue sur la mer et algues à tous les repas – pouah ! –, posée entre deux soins sur mon transat face à la mer dans mon peignoir humide – deux fois pouah ! – et je ne parle même pas du chuintement las des tongs frottant le sol – triple pouah ! –, je parcourais le journal en écoutant d'une oreille distraite les conversations. À la table d'à côté, deux couples dégustant leur jus de carottes/pomme/gingembre évoquaient leurs vacances. L'une des femmes a alors raconté que son petit-fils à qui elle montrait l'album de famille avait demandé « c'est qui ça ? » en pointant du doigt une photo.

— Et vous savez quoi ? s'est-elle exclamée en éclatant de rire C'était nous ! Mon mari et moi ! Mais c'est vrai, il ne nous a pas connus jeunes…

Voilà pourquoi les vieux couples me touchent. J'imagine qu'ils se sont connus jeunes et qu'au-delà des marques du temps ils se reconnaissent et se voient encore avec leurs yeux d'avant.

14.

Je l'ai sur la langue…

ça m'arrive tout le temps !

Un dimanche en fin d'après midi tout début septembre, j'avais rendez-vous à la terrasse du Sélect avec mon amie Dominique. J'adore ce moment de l'année où, jambes nues et belle mine, on profite des dernières heures de l'été avant que collants et chandails ne s'imposent, que la vie et la ville reprennent leur cours agité et les enfants le chemin de l'école. D'autant plus que l'époque de la course aux fournitures scolaires, rendez-vous d'orthophoniste, cours de judo/piano/piscine ou autres « activités » à caler et jeune fille au pair à initier est loin derrière moi.

— Tiens, regarde qui vient d'arriver, on ne connaît qu'elle, comment s'appelle-t-elle ?

— T'as raison mais ça fait un bail, attends, ça va me revenir, son prénom commence par un F…

— Non non, ce n'est pas un F... Elle a eu une longue histoire avec… Tu sais, cet artiste qui fait des pots… Aaarghh ! C'est barbe, ça m'arrive tout le temps dernièrement, pas toi ? C'est angoissant, je me dis que c'est peut-être un début d'A…

— T'inquiète, Alzheimer c'est la mémoire immédiate qui fout le camp, ça n'a rien à voir. Et puis on ne l'a pas revue depuis des lustres et nous n'étions pas si amies non plus. N'empêche, souviens-toi, elle était vraiment belle. Décidément vieillir, ce n'est pas qu'une partie de plaisir.

— Elle doit se dire la même chose.

Perdre un nom. Chercher un mot. Buter comme hier sur le prénom de cette pianiste que pourtant je vénère – et dont, bing !, je ne retrouve pas non plus le nom de famille, elle est géniale mais imprévisible, parfois elle annule au dernier moment,… mais si vous voyez qui je veux dire... *help* ! Quand je pense que je suis allée l'écouter il y a peu, dirigée par Barenboim à la Philarmonie lors d'un de ses rares et peut-être ultimes concerts à Paris... Ah ! Elle s'appelle M… Martha… Martha A… *Argerich, ouf.* C'est ainsi et avec le temps, j'ai l'impression que cela ne s'arrange pas, ou c'est moi qui panique et du coup je perds vraiment mes moyens.

Au début, il y a quelques années, quand la question de l'âge n'était même pas à l'horizon de mes pensées, j'en souriais et m'en sortais par une pirouette – oublie pour de vrai et ça reviendra – mais à la longue, parfois « ça » ne revient jamais et ce n'est plus drôle du tout. Sauf quand on court après un nom entre copines en se moquant de nous-mêmes. S'il échappe à l'une, l'autre voit qui on veut dire mais ne trouve pas et la troisième qui l'avait « presque » vient de « le perdre » parce qu'en le cherchant tout haut, « mais taisez-vous ! », on l'embrouille. C'est un fait, le symptôme est contagieux. Quand s'invite dans un dîner ou une réunion de famille un de ces « trous » – d'autres disent « blancs », un « trouble de l'aphasie » s'affolent les hypocondriaques, un « *senior moment* » pour les Américains *so correct*, un OBS, Oubli bénin de la sénescence, pour les pince-sans-rire –, aujourd'hui, on ne perd pas pied longtemps. L'ère d'Internet nous ayant rendus impatients et le doute insupportable, il y a toujours un invité qui tire le premier son Smartphone de sa poche pour taper un mot-clé approximatif dans Safari. Quitte à s'approcher de la fenêtre s'il n'y a pas assez de réseau tandis que les autres autour de la table s'échinent à coups de « mais si ! mais non ! on ne connaît que lui, souviens-toi, il a aussi tourné avec… aaargh ! Tu vois qui je veux dire… mais non pas Lars von Trier » qui se terminent par des rires soulagés une fois le nom du réalisateur de la série culte ou de cette comédienne dans un film des années cinquante retrouvé.

Là où ça se corse, c'est quand il s'agit de vie privée et que Google n'est d'aucun secours. Après avoir fait semblant de ne pas chercher le nom perdu – je me laisse un peu de temps –, si rien ne vient mais que je ne réussis pas à passer à autre chose, reste la solution de me tourner vers qui saura me sortir de là sans perdre la face. Récemment, j'ai carrément pris mon téléphone pour appeler à l'aide ma complice Irène, rédac chef de la mode pendant nos années *Vogue* et familière elle aussi du syndrome : « Au secours ! Ne ris pas ! Comment s'appelle cette belle femme rousse à la Fédération du Prêt-à-Porter dans les années 80-90 ? Je l'ai croisée hier à l'exposition Lanvin à Galliera, on s'est promis de se voir mais impossible de me souvenir de son nom. » L'autre jour, plus bêtement, c'est le mot balançoire qui m'a échappé. Improbable, mais vrai. Dans quel contexte, là encore je ne sais plus. Peut-être en répondant à je ne sais qui que non je n'étais pas encore grand-mère et que cela ne me déplaisait pas tant que ça pour l'instant car j'ai eu ma dose de dimanches à pousser un de mes quatre enfants sur ce mot que ma mémoire avait envoyé valser et qui m'est enfin revenu en boomerang comme l'objet en question.

Reste que. Je déteste cette sensation d'avoir le cerveau qui tourne à vide me rappelant la panique, enfant, quand la chaîne de mon vélo sautait en pleine descente de la côte. Déséquilibrée, je savais que cela se terminait en vol plané. En l'occurrence, le risque n'est pas de me ramasser sauf confrontée en direct à l'embarrassante absence – « On se connaît ? (sourire) Mais d'où ? (sourire) ». Je n'ai jamais été très douée pour mettre un nom sur un visage même lorsqu'il s'agit de star planétaire – ce qui est le comble quand on a dirigé un magazine People. Je peux ne pas reconnaître George Clooney, en vrai ou en photo, et je ne le cite pas par hasard. À *Point de Vue*, c'était devenu un gag depuis le jour où Frédérique est arrivée au journal en me brandissant son téléphone « regarde, regarde ! » J'ai vu mais je n'ai rien vu. Sauf que.

— T'es superbe mais qui est avec toi ?

— Colombe, mais c'est Lui ! *Who else* avec ce sourire-là ?

Of course, qui d'autre... Là, c'était drôle pour de vrai.

Parfois, cependant, cela ne me fait pas rire du tout. Il faut dire que j'ai un passif de mémoire qui flanche et de je ne me souviens plus très bien qui se terminent facilement par plus du tout. Dans ma famille côté maternel peu ont échappé à cette fameuse maladie d'A. dont il se dit qu'elle serait génétique voire héréditaire – en ce qui me concerne je préfère ne pas savoir ni d'ailleurs faire le test. Nicole, ma grand-mère que nous allions voir le dimanche dans sa clinique avec vue sur jardin quand j'étais adolescente, y a eu droit et le fils de son frère Paul et d'autres encore du clan Poiret qui ont fini en se perdant de vue. À tel point que jeunes, défiant le mauvais sort, Benoîte et Flora jouaient à Am Stram Gram, Pic et Pic et Colegram pour savoir qui des deux « l'aura ». Pic Dam, c'est tombé sur Mummy, tôt en plus. Mummy qui croyait leurrer les médecins en leur récitant des tirades de Racine. Mummy qui tapait le code de sa carte bleue pour ouvrir la porte de son immeuble et inversement. Mummy arrivée à la gare du Nord donnant au taxi son adresse à Londres puis affolée reprenant l'Eurostar alors qu'elle était attendue par son éditeur au Salon du Livre. Mummy qui m'a menacée de se suicider si je la laissais là où nous l'avions installée pour la protéger d'elle-même. Mummy qui ne nous a plus reconnus ni su qui elle était, Mummy qui souffrait sans que j'arrive à comprendre « où ? » pour pouvoir la soulager qui m'a répondu « j'ai mal à moi ». Comme quoi on peut perdre la tête mais pas son sens des mots, c'est déjà ça de pris sur l'ennemi aurait dit Mummy, toujours positive même en situation de crise. N'empêche, il m'arrive d'avoir peur de rater le moment où il serait trop tard pour agir si jamais... car je ne voudrais pas imposer ces années-là à mes enfants ni à moi-même mais quand on ne sait plus, on ne peut plus compter sur soi pour se sauver, dilemme.

Les jours sans humour, une petite voix me murmure calme-toi, Colombe, reprends tes esprits, retrouve ton esprit, ces oublis à répétition ont simplement à voir avec ce fameux vieillissement des cellules dont on nous bassine à la Une des magazines ou dans les pages Santé des quotidiens. Par exemple, dans *Le Parisien*, un long article où l'on lit que le poisson tous les jours, certes c'est sain mais que cela ne change rien à la dégénérescence. Passé un âge certain, il est inutile de forcer sur le cabillaud si vous n'aimez pas, ce serait peine perdue, l'essentiel étant de « pratiquer des sports cérébraux comme jouer aux échecs ».

Et le Sudoku, c'est bon pour booster les lobes ? Compter m'a toujours barbée, déjà en classe j'étais nulle en calcul mais je suis accro au Solitaire sur mon ordinateur. Si faire glisser au plus vite la reine de cœur sur le roi de pique pour améliorer mon score me musclait le cortex, je me sentirais moins coupable de taquiner ma souris.

Deuxième recommandation, il faudrait entretenir une « bonne interaction sociale ». « Salut, on se voit ? Sans rire, il le faut rien que pour notre cerveau. Mardi, tu t'en souviendras ? » Ahahah !

Mais l'essentiel pour oxygéner ses méninges, c'est le sport physique. Comptez quarante-cinq minutes par jour soit entre 9 000 et 10 000 pas d'une marche dynamique pour que tous les petits vaisseaux soient irrigués. Sans parler par ricochet du bénéfice « des endorphines qui apaisent ». Rien que l'idée de devoir me sortir comme on promène son chien m'ennuie à périr. Je préfère m'exercer à regarder la vie du bon côté en me disant que c'est simplement une histoire de tri sélectif intuitif entre les essentiels, les inutiles et les périmés. Une façon efficace de m'alléger en vidant mon cerveau d'informations à la fraîcheur dépassée.

Une amie septuagénaire qui s'inquiétait de passer son temps à perdre son téléphone, chercher ses lunettes ou ses clés et à se demander si oui ou non elle avait pris sa gélule Bion3 Senior est allée consulter un célèbre gérontologue parisien. Il l'a calmée en lui expliquant qu'il ne fallait pas demander l'impossible à son âge mais que le temps était venu de prendre l'habitude de mettre son téléphone, son agenda et ses clés toujours au même endroit. Et de ne pas s'affoler quand elle perd un nom propre, on ne peut pas se souvenir de tout. N'empêche, tout ça pour en arriver là !

J'ai enfin retrouvé le prénom de notre vieille copine à la terrasse du Sélect. Elle s'appelle… bof, peu importe, mais ouf quand même.

15.

N'attends pas...

Dans dix ans ce sera trop tard

C'est un des plaisirs de ma nouvelle vie, déjeuner avec une amie. C'est Anne qui m'a initiée et c'est avec elle que j'ai rendez-vous au Cette de la rue Campagne-Première, sa cantine avec plat du jour, entrée ou dessert, le tout exquis et à prix fixe. Toutes les deux, on s'aime depuis un bail. Sans être du genre à la colle, on est très proches même si elle est plutôt jean coupe *boy friend*, pull flottant et *no make-up*, et moi jupe crayon, twin-set et ongles vernis – je caricature mais il y a un peu de ça. D'ailleurs, je n'ai toujours pas LE bon jean qu'elle se promet de m'emmener trouver aux Puces où malgré toutes ces années nous ne sommes jamais allées ; maintenant on devrait enfin en trouver, un moment. Sauf que le jean pour moi, même poché, a fait son temps, je crois.

Dans les années quatre-vingt, on bossait ensemble à *Elle* où nous nous sommes rencontrées. On s'était retrouvées à quatre filles dans le bureau de la rédaction en chef surnommé entre nous « le vagin » – pas très raffiné, j'en conviens, mais cela nous faisait rire – avec un seul représentant masculin qui a résisté avec flegme à nos blagues salaces et partagé nos coups de sang et nos fous rires. Toujours complices, puis concurrentes du temps où Anne créait le magazine *Glamour* et où je dirigeais *Vogue*, nos voies au quotidien nous ont séparées sans qu'on se perde jamais de vue. Et nous voilà toutes les deux, quasi trente ans plus tard à nous poser quasi les mêmes questions. Comme à l'école, au-delà de nos affinités sélectives, être dans la même classe soude les amitiés. Pour nous, c'est dorénavant celle de la retraite même si l'on s'étonne d'en être déjà là, sans se sentir en rien « retirées » du monde mais plutôt dans une période de *jubilation,* ce mot réjouissant pour dire retraite en espagnol.

— Tu prends du vin ?

— Oui, pourquoi pas ? C'est drôle mais cela ne me donne plus envie de dormir, alors qu'avant rien qu'un verre et j'étais naze tout l'après-midi au journal.

Une fois fait le tour de nos enfants – à nous deux on arrive à six, dont une seule fille, la mienne, qui est sa filleule – et le point sur les hommes – les nôtres et les autres – ou les copines d'ici ou d'hier – celle qui a la pêche, celle qui rame, celle qui flotte, celle qui a disparu de la circulation –, du livre qu'on vient de finir – « faut que je te le passe » –, du film qu'on n'a pas encore vu « allons-y ensemble », j'en suis arrivée à la question récurrente depuis des années au point d'être devenue une blague entre nous.

— Alors, où tu en es de ton envie de déménager ?

— Comme d'hab', je visite, rien de fou pour l'instant, tout moche ou trop cher et pas de vue sur le ciel ni de bout de terrasse, alors... On verra l'année prochaine, c'est le printemps, je veux profiter de mon camélia. En attendant il faudrait déjà que j'ai le courage de trier toutes les affaires de ma mère, des caisses pleines de je ne sais quoi que j'ai flanquées à la cave quand j'ai vidé sa maison.

— Moi aussi, je dois bouger. D'un côté, j'en ai très envie, j'aime l'idée de changer de décor. De l'autre quitter cet atelier signera la fin d'une époque et de ma vie avec Melchior, or j'aime mieux les débuts que les fins ces temps-ci. Et puis, toi, au moins tu es chez toi, tu peux vendre et racheter, moi faut que je loue. Avec mon côté cigale qui n'a pas anticipé, je risque de me retrouver oiseau sur la branche.

C'est étrange. Serait-ce l'âge ? Ces derniers temps, alors que je réfléchis au comment et à demain, je pense souvent à ma mère. Mummy n'avait pas « préparé son avenir » selon l'expression de ces pubs où l'on voit un de ces couples cheveux et dents blanches qui sourient sur fond de ciel et de mer trop bleue vanter les avantages d'une résidence « avec piscine et appartements médicalisés », d'une mutuelle spéciale Senior ou la volupté d'une croisière musicale et dîners dansants sur le Danube. Rien qu'à l'idée de valser entre deux bouchées, on prend cent ans, non ? Avec son second mari, ma mère avait des escaliers dans toutes ses vies. À Londres pour monter dans le salon, à Hyères pour atteindre leur chambre, des marches biscornues creusées dans la roche sur laquelle était ancrée la maison. Et à Paris tout simplement pour rentrer chez elle en portant son bagage pur cuir toujours trop lourd sur trois étages – « ah ! les roulettes, non merci, ça fait hôtesse de l'air » –, il n'y avait pas non plus d'ascenseur. Ni d'Easyjet pour lui imposer un format de valise. Elle en riait, se moquant de son insouciance : « Il sera toujours temps et monter les marches, c'est bon pour la santé. » Elle avait raison. Jusqu'au jour où. Et voilà que moi aussi, j'ai deux étages dans ma vie. On croit faire mieux ou différemment de ses parents mais l'air de rien, souvent on reproduit. C'est émouvant de se surprendre à et parfois agaçant de se voir répétant ce qui vous irritait, surtout quand ils ne sont plus là pour pouvoir en sourire avec eux. Ce temps-là est perdu à jamais.

Du coup, je fais le compte à rebours et je me serine « n'attends pas ». Car, je le sais, dans dix ans ce sera trop tard pour changer, bouger, recommencer. Pouvoir continuer comme avant serait déjà cadeau. En prime, je dois me grouiller pour sauter le pas car je viens d'apprendre qu'il était difficile voire impossible de louer passé un certain cap. C'est incroyable comme le temps vous met des limites là où on ne s'y attend pas. Avant même de se sentir vieille, on vous signale que vous l'êtes et même que vous risquez à court terme d'être grabataire. Alors que la longévité de la population gagne sur les ans – celle des femmes en tête –, que l'âge de la retraite est retardé, la loi vous rappelle à l'ordre et se mêle de vous sanctionner.

Une amie, qui cherchait un studio à Paris pour prendre un peu de large dans sa vie de femme mariée, a eu un mal fou, à soixante-quatorze ans, à faire accepter son dossier par une agence. Pourtant elle gagne encore sa vie, ce qui n'est pas banal à son âge et possède aussi un appartement, ce qui n'est pas non plus donné à tout le monde. C'est ainsi que j'ai appris que les propriétaires n'aimaient pas les « vieux » parce qu'ils seraient « indélogeables ».

Ironie de la loi, celle qui protège les septuagénaires s'ils sont dans les lieux se révèle à l'inverse discriminatoire s'ils souhaitent y entrer. C'est dingue, mais c'est vrai. Qui veut bouger doit se dépêcher pour éviter le couperet. Encore que. Je réalise que je navigue déjà dans une zone limite pour un proprio prévoyant qui anticipe le pire pour lui d'un bail 3/6/9, soit le meilleur pour moi : ne pas pouvoir être foutue dehors et vivre jusqu'à cent six ans. Là, je blague, je n'ai aucune envie d'entrer dans le *Guiness Book des records* mais je compte sur ma bonne étoile qui m'a toujours aidée à trouver l'appartement de mes lendemains. Qu'ils chantent ou pas.

À chaque enfant, à chaque nouveau job et plusieurs fois avec chaque mari j'ai bougé. J'adore les déménagements. J'en ai au moins onze à la clé depuis que j'ai quitté l'appartement familial à vingt ans. Quelque quinze ans plus tard, quand nous sommes passés rive droite avec mon premier mari – je ne sais pas s'il y a un lien –, on a divorcé et je suis vite revenue de ce côté-ci de la Seine où je suis née.

Trier, distribuer, donner, jeter, vendre, virer, vider ses placards des vieilles jupes et talons hauts qu'on ne remettra jamais ou des pantalons dans lesquels on « n'entre plus » et ô surprise !, retrouver cette veste d'Alaïa que j'aimais tant et que je croyais avoir perdue, c'est épuisant mais jouissif.

Brûler les lettres d'amour – et oui, il fut un temps, on s'écrivait –, déchirer carnets de chèques périmés ou factures du tintouin quotidien, c'est régénérant. On garde tout et trop. Après ce sont nos enfants qui se taperont de devoir jeter l'inutile, mieux vaut faire une partie du ménage soi-même.

J'aime aussi l'idée que mes enfants choisissent les objets dont ils ont envie pour avoir la joie de les revoir chez eux. Mummy nous a beaucoup transmis de son vivant à ma sœur et moi ; Daddy rien du tout, ses critères d'exigence mis à part, le syndrome de l'Écossais peut-être. Pourtant, en se délestant, on gagne en légèreté et on fait des heureux par ricochet.

Le dernier cadeau de ma mère fut une coupelle en agate que j'avais toujours vue sur la table de nuit de ma grand-mère anglaise, puis sur la même petite table dans la chambre de mes parents. Je la caresse souvent des yeux en me souvenant de son sourire quand elle me l'a tendue en me disant : « Elle te plaît ? Prends-la. » Même perdue dans les limbes de sa mémoire, Mummy aimait encore faire plaisir. Depuis, je vénère ce charmant vide-poches tout autant que les fauteuils emblématiques du travail de Pater, son père, qu'elle m'avait offert des années plus tôt et dont je ne suis pas près de me séparer. Dans mon prochain nid, ils reprendront leur place de choix. Encore me faut-il trouver sans trop attendre le lieu de mes rêves d'aujourd'hui pour espérer obtenir le droit d'y entrer le temps d'un dernier bail. Avant d'en partir pour ne plus y revenir.

16.

Un parfum

de revenez-y

Il m'avait rappelée alors qu'on se connaissait à peine. On s'était retrouvés après des années à se croiser sans se regarder ni se parler vraiment. Il était dans une phase de sa vie où tout avait basculé, ses certitudes et l'habitude. Rien que pour ce parfum de revenez-y à un âge où on s'y attend moins, c'était agréable d'être courtisée avec ce que cela réveillait de frémissements et d'hésitations comme à quinze ans devant mes armoires et le miroir. En plus, il avait belle allure et ne manquait ni de charme ni d'aisance. À soixante-dix ans passés, il se sentait libre comme l'air – un peu trop peut-être. Sa femme s'était barrée cinq ans plus tôt, il n'avait rien vu venir et, comme il se doit, cela ne se passait pas si bien. Cela arrive après des années de mariage et quelques enfants mais ce n'est pas toujours celui qu'on croit qui envoie tout valser. Ni pour les mêmes raisons.

Si, du côté des hommes, jeter sa gourme avec l'eau du quotidien pour s'offrir un bain de jouvence est un classique, les femmes qui sautent le pas dans l'inconnu ne sont pas en reste. À la seule différence que ce n'est pas forcément pour d'autres bras plus accueillants mais pour enfin mener leur vie selon leurs désirs. Quand ma mère avait quitté mon père sans préambule après plus de vingt ans de mariage et de fidélité revendiquée, j'avais vu Daddy passer de désespéré à débridé en peu de temps. Lui *so british* et arc-bouté sur ses *does&don't* avait débarqué un soir tout fringant, en jean et chandail, dans ma chambre de jeune accouchée. En se mettant au diapason d'une nouvelle conquête, il avait soudain l'air de ces vieux beaux, tristes et pochés sous leur bronzage. C'était touchant, mais pas vraiment drôle. À l'époque, je trouvais même désolant ce phénomène du post-soixante ans qui s'excite en noyant ses illusions dans le whisky.

Quarante et quelques années plus tard, je comprends mieux mon père. Pas si simple de vieillir et de se dire qu'on a sa vie derrière soi, surtout quand on a traversé des tempêtes. Mais autant j'aime être entourée de la jeunesse et sa beauté m'émeut, autant à l'inverse de certaines de mes amies, je ne suis pas du tout attirée par les hommes jeunes. Torses imberbes, chairs trop fraîches, visages lisses et culture geek, au-delà du « décalage horaire » voué à l'échec à plus ou moins long terme selon moi, rien qu'à l'idée de devoir se précipiter dans la salle de bains pour se refaire une tête avant le lever du bel endormi qui de toute les façons ne vit pas au même rythme ni avec les mêmes références, je fuis. En prime, avec trois fils en âge de, j'aurais l'impression d'une relation quasi incestueuse. D'où l'atout de cet homme de qualité d'autant plus séduisant qu'on nageait dans le même entre deux eaux.

Après nous être tournés autour, comme on disait autrefois, il m'a invitée à aller voir une exposition au musée d'Orsay avant de dîner au Voltaire, ce restaurant que j'adore et où je n'avais plus mis les pieds depuis un temps fou pour des raisons sentimentales. Mais, portée par le vent de la nouveauté et son aisance, je le lui avais suggéré. Il y avait réservé une table, cela ne m'était plus arrivé non plus depuis des années. Conversation agréable, mélange d'intimité et d'affirmations de soi, mots d'esprit et vérités, on se raconte, on choisit ce qu'on veut bien dire, le pire et le meilleur, tandis que les mains se frôlent et les regards s'échangent, le tout accompagné d'un très bon vin. En repartant à pied d'humeur légère, nous nous sommes séparés à l'angle de la rue du Bac où j'ai attrapé un taxi.

Devenue veuve, je déteste ce mot mais c'est un fait, j'ai dû apprendre malgré moi à être et à faire seule. Pour rallumer la chaudière comme pour sortir le soir. Pour assumer comme pour décider. Cela n'a pas été si facile d'autant que ce fut brutal. Je fume depuis toujours, mon mari jamais ; Mahot était végétarien par conviction, moi par amour ; il aimait l'eau, j'adore le vin ; j'étais stressée, il était zen, et quand je courais après le temps, il méditait. On en riait mais tout concordait à penser que je partirais la première. Un face-à-face avec un camion chargé de pommes de terre sur une route de campagne en a décidé autrement. Reste que du temps où l'on avançait dans la vie main dans la main, Mahot lui aussi réservait une table avant de sortir. Et lui aussi passait à droite sur les trottoirs pour me protéger des voitures, un réflexe tel un mot de passe d'emblée réinitialisé par cet homme-là, ce soir-là. Au-delà de sa personne, quelque chose me touchait intimement dans ces habitudes d'un temps perdu.

On s'est revus le lendemain, on a choisi un film de Benoît Jacquot – pas le meilleur –, il s'y est ennuyé, j'ai plutôt aimé – ça arrive, ce n'est pas non plus rédhibitoire. Le jour d'après, il avait envie de me faire goûter une sorte de poisson poché avec une émulsion de coques citronnée qu'il voulait copier pour un de ses dîners – c'était un homme de goût qui ne savait pas du tout faire la cuisine. Moi, j'adore ça, et j'étais prête à relever le défi, ça m'amusait. Il portait un jean, on était un samedi – j'ai toujours un peu de mal avec les hommes qui changent complètement de style entre la semaine et le week-end. Ce n'est qu'un détail et j'ai fait attention à ne pas me gâcher le moment avec mes *a priori*, j'étais moi-même mal sapée – entre trop et pas assez, j'avais hésité, va savoir pourquoi ?, manque de naturel peut-être ou c'est la circonstance qui ne l'était pas. On a donc déjeuné au bar de l'hôtel Bristol qui servait ce plat exquis dont, en homme prévoyant, il avait déjà demandé une copie de la recette au chef. Puis nous voilà partis chez le poissonnier, tel un couple que nous n'étions pas. Bizarre hasard, il faisait ses courses dans le même quartier que nous du temps de ma vie de femme mariée. Allez, pas de nostalgie. C'est bon, Colombe, ça va ! me suis-je sermonnée en allant acheter les baguettes multi-céréales et des tartes au citron avant de remonter dans sa voiture. Arrivés dans sa cuisine, cela aurait pu, cela aurait dû être léger et amusant, c'était… J'étais plutôt guindée et pas si gaie.

J'avais aussi acheté *Le Monde* au kiosque du coin. En deux exemplaires, on était ensemble mais on ne faisait pas qu'un. En attendant de préparer le dîner, il avait lu le sien, installé dans le fauteuil de ses habitudes et moi le mien, assise de traviole sans réussir à vraiment me poser. Pourtant, le canapé était vaste et les coussins rebondis. J'ai alors compris, je n'étais pas à ma place dans ce salon même si je jouais avec l'idée. J'ai regardé ses CD, la musique calme les esprits, j'ai choisi un quatuor de Brahms mais, malgré une belle interprétation, l'atmosphère n'était pas au diapason, quelque chose sonnait faux. Pour lui aussi évidemment, la situation devait être factice. D'ailleurs il est monté faire sa sieste – « ça ne t'ennuie pas ? » – pendant que je mettais les coques à dégorger et me débattais avec les filets de sole et les épinards en branche en ouvrant tous les tiroirs avant de trouver ce que je cherchais. Non, cela ne m'ennuyait pas et puis je préfère les cuisines aux salons. Ses amis arrivés, la recette ni réussie ni ratée, la conversation enjouée, la soirée s'est terminée à quatre et à ranger la cuisine.

Quand je suis repartie en remontant d'un pas vif le boulevard Saint-Germain, j'étais encore dans le jeu des apparences. Mais, insidieusement, est venu s'y glisser un je-ne-sais-quoi de pas très joyeux. J'ai alors pensé à ces vers d'Apollinaire que j'adore « l'anémone et l'ancolie/ ont poussé dans le jardin/ où dort la mélancolie/ entre l'amour et le dédain » bien utiles au temps de mon adolescence quand j'écrivais des lettres d'amour ou de rupture. Et je me suis souri à moi-même.

Quand j'étais petite, enfin jeune, Mummy me payait pour apprendre des poèmes qu'elle me faisait réciter à la queue leu leu dans la voiture en rentrant de la campagne ; une tradition familiale côté Groult instituée par Pater – c'est ainsi que Benoîte comme Flora gagnaient leur argent de poche. Il m'en reste des bribes dans mon escarcelle qui me donnent des moments de bonheur et me sauvent parfois du malheur.

N'empêche. Arrivée à la maison, j'étais carrément triste. Mais de quoi ? De m'être leurrée ? D'avoir rêvé tout en sachant que non ? D'avoir eu envie de jouer ? Ou tout simplement parce que les effluves de ma vie d'avant m'avaient filé le blues. Le lendemain, en repensant à ces trois jours, j'ai compris que l'amour pour le revivre devait être plus fort que le passé. Que l'histoire ne se répète pas, c'est le désir qui doit tout emporter. Tant que la vie n'a pas dit son dernier mot, il n'y a aucune raison de ne pas y croire.

17.

Je le sens

mais je ne le vois pas

Hier encore j'en ai repéré un. Toujours au même endroit. Que je découvre toujours de la même façon. En me frottant le menton. Ce n'est ni un toc ni un tic mais une question de survie. Je sais que la zone est à risque alors je la contrôle régulièrement. Petite, j'avais peur de l'araignée de la fermière, c'est le nom que je donnais à la verrue velue au coin de son nez. Je n'ai pas le bubon mais si je ne fais pas gaffe, je crains d'être bonne pour ses pattes de sorcière.

En tapant « poil au menton » sur Google, j'ai appris que c'était dû à « une sensibilité accrue des follicules pileux aux hormones masculines » et, contrairement à ce que je pensais, pas forcément liée à la ménopause. D'ailleurs je suis tombée sur des témoignages de jeunes filles affolées par l'apparition de poils noirs sur leurs visages qui m'ont rappelé *a long long time ago*, comme il est dit dans les contes avec des méchantes fées quand j'en avais un, objet de taquineries de mon premier mari. Piquant, il poussait dru toujours au même endroit sur ma joue droite, pile là où on se touche quand on embrasse, et puis un jour, pfuitt ! il a disparu. Aujourd'hui, le phénomène m'agace d'autant plus que ces poils poussent blancs, et le fait de ne pas être la seule ne me console pas. Parfois dans le bus ou le métro, je vois des femmes qui se caressent le menton ou le tour de la lèvre supérieure de ce geste fugace que je reconnais et dont soudain les doigts patinent, interrompus dans leur va-et-vient par la présence d'un intrus. Et je sais qu'alors elles passeront la journée à le titiller sans avoir l'air d'y toucher. Quitte à grimacer pour réussir à le coincer entre l'ongle du pouce et le rebondi de l'index. S'il est assez long, à force de tirer dessus, parfois le poil capitule mais le plus souvent, c'est cause perdue. À peine surgi, il reste insaisissable. Sauf pour les prévoyantes qui se baladent avec une pince à épiler dans leur trousse à maquillage, ce qui n'est pas mon cas. Pourtant je devrais être équipée mais trouver celle qui pince vraiment n'est pas si évident alors quand j'en tiens une, je la laisse dans ma salle de bains. Cela m'évite aussi de me la faire encore une fois chouraver par les services de sécurité à l'aéroport comme si j'allais prendre le pilote en otage pour lui tirer les poils du nez. De toutes les façons, je préfère régler l'affaire au calme devant ma glace que dans l'urgence, ballottée dans les toilettes d'un TGV. Et même là, ce n'est pas gagné, la manipulation n'étant pas si aisée. L'un – les poils qui poussent – allant souvent de pair avec l'autre – la vue qui baisse –, sans lunettes, c'est mission impossible. Avec, desservie par mes verres progressifs qui me sauvent la vue au quotidien, j'ai du mal à faire le point, je suis ou trop près ou trop loin. Et à force de me pencher dans le miroir grossissant en tirant sur ma joue pour remonter le menton, la pince dans l'autre main, le regard en coin pour repérer celui que je sens mais ne vois toujours pas, mes lunettes basculent, tout devient flou et c'est reparti. Une manœuvre exigeant d'autant plus de doigté qu'il faut l'attraper dans le bon sens afin d'éviter qu'il casse et ne repousse encore plus vaillant.

Qui en est là le sait. Chute ou poussée d'œstrogènes, revers de ménopause, système hormonal qui s'étiole ou s'emballe pour le dernier tour de piste, on a moins de poils aux jambes et aux aisselles et c'est cadeau. Le phénomène touche aussi le triangle, et là c'est pas de chance parce que, pour le coup, c'est moche. En revanche, c'est à se demander si le système pileux compense en foisonnant dans des endroits improbables. En buisson dans les narines ou les sourcils – les oreilles des hommes aussi ne sont pas épargnées –, en ombre d'imberbe au bord de la lèvre supérieure ou en plate-bande façon pousses de poireau au rond du menton.

Tout ça pour dire que si c'était à refaire je ne décommanderais pas mes séances d'épilation au laser chez mon cher docteur Brunet pour cause de manque de temps ou de mieux à faire, ni ne zapperais le rendez-vous suivant pour un résultat définitif garanti. Sachant qu'il faut deux ou trois séances minimum espacées d'un délai conséquent de repousse pour arriver à ses fins. Un moment clé que j'ai toujours raté par impatience ou pour cause d'invitation à dîner de dernière minute qui justifiait une séance maison mais décalait la date butoir de mon programme de débroussaillage. Pourtant c'est un bon investissement pour l'avenir rien que pour s'éviter l'étape de la vieille dame qui pique quand on se penche pour l'embrasser. À l'idée de l'imposer aux enfants de mes enfants quand mes poils au menton ne seront plus du tout mon problème du jour, je frémis. Hélas, c'est écrit. Je l'ai vécu avec Mummy, je n'ai jamais osé les lui retirer et il était trop tard pour qu'elle puisse le faire elle-même mais chaque fois que je caressais sa joue, j'avais mal à ma mère.

Jeune, on n'y pense pas. On a la vie devant soi et, à choisir, on préfère s'offrir une nouvelle paire de pompes que d'aller se faire brûler les quelques poils qui tapent l'incruste sur notre visage. En oubliant l'essentiel : plus le temps passe, plus ils sont vigoureux. Et pis, une fois devenus blancs, tels des zombies, le laser ne peut plus rien contre eux. L'épilation à la cire pour le visage étant passée de mode pour protéger les pores et éviter le retour en force de la moustache, reste la solution de « l'épilation au fil », remarquablement efficace pour éliminer le duvet jusqu'au bord des narines, certaines se font même redessiner les sourcils.

Portée par la vogue du retour aux sources, cette méthode traditionnelle pratiquée en Iran est de plus en plus souvent inscrite au programme des salons de beauté. J'y ai été initiée par la belle Farnaz qui œuvre chez Joëlle Ciocco. Penchée sur mon visage, elle coupe puis coince un long fil à coudre entre ses dents qu'elle saisit d'une main et tortille de l'autre pour l'activer dans un mouvement de va-et-vient proche du jeu de diabolo de notre enfance autour des indésirables qui sont arrachés telles de mauvaises herbes, racines incluses. Certes ce n'est pas qu'une partie de plaisir mais pour qui a eu ses enfants à la génération de l'accouchement dit sans douleur, et sans péridurale, les picotements sont franchement supportables. Et c'est le prix à payer pour être mieux que belle, soignée. Et le résultat, menton et bord des lèvres inclus jusqu'au duvet des joues perdure un bon deux mois pendant lesquels embrasser n'est plus une mise en danger à part quelques squatteurs solitaires auxquels on règle leur compte en tête à tête. Si être une femme entretenue, ce n'est pas donné, se laisser aller ce n'est sûrement pas se faire un cadeau.

18.

Suis pas mûre

pour être une femme mûre

— Où en es-tu de ton projet sur les femmes mûres ? me demande Hélène au téléphone.

Gloups ! Rien que ce terme m'a filé un coup de gong me ramenant cinquante ans et plus en arrière quand les papas bien-pensants recommandaient à leur fiston d'avoir une « aventure » avec une femme d'un âge certain pour faire leur plein « d'expériences » et affiner leur talent d'amant, histoire d'être débourrés selon le terme fleuri utilisé pour les fougueux poulains avant de se faire passer la bride du mariage. Évitant par la même occasion aux filles à marier de « perdre » leur virginité en entachant la réputation de leur famille. Tout un programme d'un ordre social révolu. C'était avant la pilule et l'amour libre. Car notre génération bénie a eu la chance d'avoir le choix de mûrir ensemble sans pour autant se priver de partenaires plus experts mais cela n'avait plus rien à voir avec le fait d'empêcher les demoiselles de « voir le loup » au risque de se faire croquer toutes crues.

Étrangement, ma grand-mère anglaise, femme pourtant libérée selon les critères de son époque, avait manœuvré de même. Élevant seule son fils, craignait-elle qu'il soit homosexuel alors qu'elle-même préférait les femmes et vivait entourée d'hommes à hommes, les unes souvent mariées aux autres par convenance sociale tout autant que par excentricité personnelle ? Ou rêvait-elle de lui faire goûter le meilleur en mère éprise de son fils ? Quoi qu'il en soit, elle avait fait « chaperonner » mon père par une de ses amies d'une vingtaine d'années plus âgée que lui dont il s'est dit dans notre mythologie familiale qu'elle avait été une de ses amantes. Dont il est tombé fou amoureux et qu'il a épousée à dix-neuf ans et à laquelle il a fait un enfant avant de partir à la guerre. Et dont il a divorcé à son retour tant Ursula était une « *party girl* » qui avait d'ailleurs avant de mourir de ses excès perdu la garde de leur fils tout-petit au profit de mon père après une longue bataille juridique – du jamais vu à l'époque. Un conte mal barré pour tous qui s'est bien terminé, car c'est grâce à ce chapitre-là de sa vie que mon père est venu traîner ses guêtres à Paris. Et qu'il y a rencontré ma mère, ravissante jeune fille en fleurs de huit ans sa cadette, et que mon frère qui en avait déjà dix a enfin eu une Mummy qu'il a aimée et qui l'a aimé. C'était à la fin des années quarante. Une époque où « la femme de trente ans » était considérée comme déjà mûre. Aujourd'hui ce compte-là n'est plus bon et ne cesse de gagner sur le couperet des ans, même si de vieux réflexes ou parfois des idées toutes faites nous rappellent encore à l'ordre.

Ainsi dans *Le Monde*, un reportage à Calais qui rendait compte de l'entreprise exemplaire d'un couple qui avait mis au point un système de groupe électrogène nomade permettant aux milliers de migrants de recharger les téléphones portables et de rester ainsi en contact avec leur famille. Il y était écrit : « En dépit de leur âge mûr, les sexagénaires consacrent leurs jours… »

Là encore, j'ai sursauté. « En dépit » ? Mais ça veut dire quoi ? Littéralement, cela sous-entend que ce couple engagé traitait par le mépris le prétendu « poids » de leurs ans, mais la précision est un peu lourdingue, non ? Faudrait pas charrier. « Leur âge mûr » en remettait une bonne couche qui soudain faisait sonner « sexagénaire » quasi comme centenaire.

Je me suis alors demandé quel âge pouvait bien avoir la journaliste. Jeune forcément. Très jeune peut-être. Et j'ai essayé de me souvenir de comment je considérais ceux qui avaient atteint la cinquantaine, soixantaine et septantaine quand j'étais moi-même une junior dans la presse. Il me semble qu'à l'époque, en pleine extase entre ma vie de jeune mariée, mes deux fils petits et mon job à *Elle*, je n'avais pas idée ni sens de l'âge, du temps, à peine d'hier et de demain, j'étais là et maintenant. À l'époque, ma mère avait ou allait passer le cap des cinquante même si je crois, je ne l'ai jamais entendue en parler. Mais peut-être étais-je dans l'indifférence du mien, et Mummy qui vivait alors en Finlande dans les émois de sa nouvelle vie avait sans doute d'autres anniversaires pour se réjouir. Je me souviens juste d'elle me racontant comment Benoîte, son aînée de quatre ans, s'était moquée d'elle à la naissance d'Éloi, mon premier fils et le premier garçon de notre tribu de femmes, arguant que devenue grand-mère la première, Flora était donc dorénavant « la plus vieille des deux ». Bizarrement, je me souviens aussi que cela n'avait pas fait rire Mummy tant que ça. Peut-être au-delà de leur taquinerie de sœurs, était-ce le mot « vieille » qui l'avait blessée ? À moins que ce ne soit celui de « grand-mère » ?

Si Mummy a été tendre et généreuse pour ses six petits-enfants, voire gâteuse parfois, elle n'avait ni le temps ni l'envie d'être mamie gâteaux. Elle distribuait avec parcimonie des temps rares mais intenses à Londres ou à Hyères qui ont marqué nos enfants par son esprit joyeux et sa capacité d'enchanter la vie, mais il me semble que Mummy n'a jamais passé un dimanche au jardin avec l'un d'entre eux. Ni d'ailleurs avec ma sœur ou moi enfant – comme quoi l'histoire se répète, entre traditions et transmissions. Nicole, mère totale pourtant mais ayant aussi un métier, n'était pas de ce genre maternel non plus. Et pas question de « petit nom façon mémé, ah ! ça non ! », on l'appelait Nicole, ils l'ont appelée Flora. Un mot d'ordre dont je pense que je l'appliquerai à mon tour quand l'heure viendra. Mais sait-on jamais ?

Turlupinée voire agacée sans vraiment comprendre pourquoi par cette idée de « femme mûre », je suis allée sur Internet espérant trouver une citation autour du thème de la balzacienne « femme de trente ans » version moderne. J'ai été servie ! Je suis tombée direct sur une flopée de sites de vidéos porno où des jeunes mâles au membre fier envoyaient en l'air des femmes en âge d'être leurs mères et au-delà. Je ne sais pas qui payait qui et qui y prenait le plus de plaisir mais les corps étaient là qui s'exposaient aux regards, et si les jeunes ne se refusaient rien, leurs partenaires faisant fi des marques évidentes du temps, non plus. Du coup, passant d'un extrême à l'autre, j'ai regardé du côté de femmes « imberbes », me demandant si j'allais tomber sur des sites pour vieux dégueulasses en quête de jeunes filles pubères. Réponse : une série d'articles au sujet de cette récente obsession de l'élimination de tout poil, nouvel « idéal érotique » des jeunes femmes, certains faisant référence à l'influence des actrices de films de cul.

Je me suis donc rabattue sur mon meilleur allié, ce cher Petit Robert. Et là, sur les vingt-trois lignes de définition, aucune femme en vue. Pour nos académiciens, loin de la prime jeunesse sous leur habit vert et machistes revendiqués par convention grammaticale, *mûr* est accolé à *homme*, lequel est défini comme un « adulte » qui a « atteint son plein développement ». Rien qu'à l'idée d'être arrivée à mon terme et d'avoir déjà fait le « plein » de mes ambitions et de mes rêves me donne envie de me carapater. Retour sur Internet. Et là, en tapant « homme mûr », j'ai certes atterri sur des forums célébrant extases et avantages d'un amant plus âgé et des conseils de sexologues ; mais nulle vidéo cette fois, ce qui donne à réfléchir sur le désir des unes et des autres, entre exhibition et conversation. Lassée, je suis revenue à mon cher Robert sans lui chercher noise : « Mûr, mûre, *adj.*, (du lat. *maturus)* 1. Qui a atteint son plein développement, en parlant d'un fruit, d'une graine. 2. Avancé, blet. »

C'est bon, j'ai compris ce qui m'agaçait ! Je suis loin de me sentir blette et je n'ai aucune intention de finir en compote.

19.

Eux aussi

« ça » leur fait peur

Un soir de l'été dernier, j'avais rendez-vous pour dîner avec celui que j'ai surnommé « monsoupirant » et dont l'existence que j'ai gardée mystérieuse a fait bisquer mes copines et intrigué mes enfants. Depuis, nous sommes devenus amis et c'est encore mieux. Nous nous étions retrouvés à la terrasse de chez René, un de ces bons bistrots parisiens à nappe blanche de la rive gauche. Un moment suspendu entre légèreté et vérités. J'ai adoré ce sentiment retrouvé d'être courtisée par cet homme séduisant qui n'a rien perdu des usages certes désuets mais tellement exquis. J'ai aimé aussi être attirée par lui avec ce que cela a réveillé d'envie de plaire en flirtant avec l'idée de. Après tout, sait-on jamais ? Même sans être en quête, même s'il a été sujet de taquineries avec mon fiancé, ce je-ne-sais-quoi de frisson de nouveauté a fait renaître des réflexes assoupis par la certitude de mes habitudes, un cadeau qui ne se refuse pas. Je me suis même surprise, moi qui ne suis pas une toquée du balcon, à entrer chez Erès pour hésiter entre un ensemble en dentelle blanche et un autre d'un prune tentateur. J'ai choisi la dentelle, ce qui était grotesque et présomptueux à mon âge – le blanc, c'est beau, mais sur une peau fraîche, quand elle vire au délavé mieux vaut passer à la couleur, c'est plus flatteur. Depuis, rien que de voir délicatement pliés dans mon tiroir le soutien-gorge et sa culotte montante – le string, c'est fini !, j'ai toujours trouvé ça affreux en soi mais là… tant pis pour les marques sous le pantalon –, je souris en me rappelant une époque que je croyais révolue. Celle des hésitations et des mains moites. Celle des frémissements du désir et du peut-être, où l'on se surprend à regarder son téléphone pour voir si l'on a reçu un message et où l'on réfléchit à deux fois avant de rédiger sa réponse. Je romance et je brode, cela aussi fait partie de la balade mais en vérité je n'en n'étais pas si loin. Comme quoi, il ne faut jamais dire jamais plus.

Ce soir-là, donc, avec monsoupirant, on a parlé sans masque – là aussi, c'est un privilège de l'âge, on n'a plus de temps à perdre à tricher – de nos vies et de nos amours, d'hier et d'aujourd'hui. Des années passées, de celles à venir, des saisons qui filent et d'un hiver qui approche. D'un ami commun aussi qui venait de se remarier en grande pompe, son troisième à soixante-dix ans révolus avec une femme fine et joyeuse qui en a vingt de moins et de ce coup de peps qu'elle lui apporte dans sa corbeille de « jeune » mariée. À ce propos, il est revenu sur sa récente aventure, fugace mais fulgurante, avec une belle étrangère à peine plus âgée que sa fille et qui venait de s'évanouir dans la nature. Une absence dont il se remettait mal malgré sa lucidité sur le « sans avenir » et « pas grand-chose » en commun. « C'est dingue, mais je l'ai dans la peau », a-t-il reconnu, ajoutant être « sidéré » par le décalage entre son désir et sa raison. « Je ne me souviens pas d'avoir déjà vécu ça » sans rien d'autre à partager que leurs nuits et le cadeau de sa jeunesse. Batifoleur dérouté par cette expérience, inquiet à l'idée des années à venir – « vieillir seul, ça fait peur » –, il se disait en manque de complicité, rêvant de rencontrer celle avec laquelle partager cette très soutenable légèreté de l'être quand tout va encore bien et que le corps suit, que les enfants sont enfin indépendants, les soucis de bureau ou de parents affaiblis derrière soi. Sans succès jusqu'à présent. Pourtant, il aurait tout pour plaire. Mais voilà. Quand son désir est de la partie, le cœur ne suit pas. Et réciproquement.

C'est alors qu'il me raconte qu'un de nos amis l'a invité à l'un de ses dîners qu'il organise quand celle qui partage sa vie depuis vingt ans repart dans son paradis pour son séjour mensuel de cure fiscale. Ces soirs-là, autour de la table dans sa belle salle à manger parisienne, sont réunis six couples qui n'en sont pas, chacun en quête de rencontre voire plus si affinités. En quelque sorte des agapes pour le plaisir du braconnage entre fusils très urbains prêts à tirer à vue et Diane chasseresses en stilettos à l'affût de trophées de choix ou de fougueux boucaniers pour bouter leur spleen. C'est pour le moins franc du collier même si à mes yeux chasser sur ses terres de prédilection limite les chances d'être dépaysé(e) donc séduit(e). Quitte à, je préférerais giboyer hors date d'ouverture et sentiers balisés.

Ainsi donc, il n'y a pas que les femmes qui souffrent de la solitude chevillée à leur moral comme au corps et se plaignent qu'il « n'y a plus d'homme » entre les « déjà pris », les « trop vieux », les « trop jeunes ». Qui pensent tout bas puis, avec le temps, qui disent tout haut que c'est « dur d'être seule » pour « tout faire » et surtout « tout décider », à l'heure où justement des choix parfois cruciaux s'imposent et où l'on rêverait de douceur et de paix partagées. Les hommes, eux aussi, sont aux prises avec cette angoisse même si leurs raisons diffèrent parfois et le choix plus rustique de leurs mots pour le dire – entre « bandante » ou « inbaisable » – révèle celle de ne plus pouvoir « performer », comme disait ma mère. Oubliant que ce n'est pas le privilège du mâle, les femmes ont également leurs critères de sélection naturelle même si le sexe et les phéromones ne sont pas leurs seules références.

L'autre jour, chez René encore – j'ai toujours aimé les habitudes mais il faudrait faire gaffe en vieillissant à ne pas devenir casanière –, j'ai retrouvé un de mes amants, fou de cinéma et amateur de jolies femmes toujours plus jeunes que lui. Quand on s'est connus, j'avais vingt ans, il en avait dix-huit de plus que moi. Mon père aux réflexes de propriétaire de pouliche n'était pas emballé par cette affaire avec un « homme mûr » ; moi j'étais amoureuse, flattée aussi. Il était mon premier qui n'habitait plus chez ses parents – et pour cause, il avait un métier derrière les caméras et m'a fait découvrir un nouveau monde. Il aimait danser, moi aussi. On sortait beaucoup, chez Régine, chez Castel puis au mythique Sept de la rue Sainte-Anne, le premier night-club tenu par Fabrice Emaer à peine ouvert, c'était bien avant les années Palace. On y croisait amis et célébrités qui y venaient pour dîner – de Sagan à Yves Saint Laurent, de Gainsbourg à Kenzo, d'Andrée Putman à Karl Lagerfeld en passant par Pierre Bergé, Clara Saint et Thadée Klossowski. Loulou de la Falaise y dansait sur les tables du restaurant tandis que Guy Cuevas était aux platines et qu'au sous-sol un monde pur cuir s'envoyait allègrement en l'air. C'était gai à plus d'un titre. Et puis la vie et nos amours nous ont séparés puis rapprochés et à nouveau éloignés. Depuis plus de cinq ans, on ne s'était pas revus, pas même croisés. Pourtant, nous habitons Paris tous les deux et avons encore nombre d'amis en commun – c'est aussi ça la vie qui passe, si l'on ne fait pas l'effort de garder le contact, on se perd de vue. Nos retrouvailles étaient d'autant plus joyeuses et émouvantes.

Il est toujours brillant, sa mémoire est imparable et je n'en suis pas revenue quand il me dit avoir fêté ses quatre-vingt-cinq ans qu'il ne fait pas. Ni d'apprendre qu'il est seul dorénavant, lui, le grand séducteur.

— J'ai bien rencontré des jeunes femmes charmantes mais…

— Jeune, c'est quoi pour toi ?

— Entre soixante et soixante-cinq, dans ces eaux-là mais quand elles apprennent mon âge, elles imaginent la fin en chaise roulante, avec tout ce qu'on sait de la suite, et elles disparaissent !

Comme quoi être une « jeune » femme est relatif, et le charme d'un homme « mûr » aléatoire. Sa remarque m'a rappelé celle d'une de mes amies médecin il y a déjà quelques années déjà qui m'avait dit en connaissance de cause avoir décidé une fois pour toutes de mettre une croix sur la vie à deux :

— Je ne veux pas de nouvel homme dans ma vie pile au moment où je devrais m'occuper de ses problèmes de prostate, au revoir et merci.

C'était cash mais pas faux. J'ai ri mais ce n'est pas vraiment drôle. La vie m'ayant appris que les risques ne viennent pas de là où l'on croit, rien ne sert de tenter de les devancer. Ni de se priver pour se préserver. Vieillir, c'est aussi apprendre à profiter de l'instant présent sans anticiper sur l'avenir.

20.

Se détacher

pour s'alléger

À nouvelle vie, nouvelles envies. Celle-là m'est venue à l'heure du café serré dans la cuisine avec ma première cigarette du matin et depuis elle me turlupine. Je rêve de vide et d'espace fluide. D'être capable de changer l'ordre de mes choses. De m'imposer une cure de detox radicale pour éliminer cette surcharge d'impondérables due à mon appétit voire mes crises de boulimie, je suis une timbrée des brocantes et autres vide-greniers jusqu'à ramasser sur le trottoir une chaise ou une étagère qui m'a fait de l'œil et emporter à bras-le-corps mon butin de glaneuse – le ridicule, je m'en tape, la beauté d'abord. Du coup, mes enfants aussi sont touchés par ce syndrome de l'attraction irrésistible devant certains « encombrants » en attente de délivrance par les services de la mairie. Ainsi, l'autre jour, Melchior a trouvé dans la rue un vase telle une immense méduse échouée sur la grève parisienne dont il m'a envoyé la photo à peine déposé à la maison. Et le voilà qui trône au coin du canapé en une incongrue sculpture de verre à la collerette en vagues pour lesquelles aucune fleur n'aura la tige assez longue, mis à part les glaïeuls que j'abhorre, ouf ! je n'ai pas le yacht qui va avec.

C'est un des effets secondaires de l'onde de choc de la retraite, on revisite son quotidien. Sur tous les plans. Pour le plaisir de la nouveauté ou par simple bon sens, l'heure est propice aux chambardements. D'ailleurs, je ne suis pas la seule, mes amies qui sont aussi entrées dans cette période de l'après revisitent leur présent. Quitte à envisager, sérieusement cette fois, de déménager comme Anne ; à s'installer à la campagne pour avoir enfin son atelier de gravure comme Hélène ; à jouer avec l'idée d'ouvrir une maison d'hôtes comme mon autre Anne ; à prendre ses aises en Normandie pour enfin écrire au vert comme mon ami Philippe ou tout simplement à réduire la voilure comme moi pour pouvoir naviguer à vue et lancer mon ancre au gré des vents et du courant.

Du temps de nos retrouvailles, le soir en rentrant du journal, je me lovais dans les bras de ma maison en fermant les yeux, heureuse de me laisser prendre par sa grâce, ses bruits, son odeur, sa chaleur et le rassurant paysage de nos habitudes. Quant aux week-ends, j'étais trop occupée à me remettre de ma semaine en profitant des enfants et amis réunis autour d'une belle tablée pour m'imposer des séances de thérapie domestique. Je sauvais les apparences non sans un certain savoir-faire en reléguant loin des regards ce qui faisait désordre en me promettant de m'y mettre « un jour ».

Qui est arrivé, sans se presser, comme Zorro.

Et alors ?

Eh bien, qui en est là le reconnaîtra : ce n'est pas si évident.

À regarder mon atelier d'un autre œil et à toutes heures des jours, insidieusement s'est glissé le sentiment d'être retenue dans mon envol par l'accumulation d'objets qui ont accompagné toutes mes vies. Que j'ai aimés, que j'aime. Leur histoire est la mienne et la maison notre domicile conjugal mais comme dans un vieux couple qui s'agace à force de passer plus de temps ensemble, nous faisons parfois mauvais ménage au point d'avoir envie d'entamer un processus de séparation.

Seulement voilà. Je suis une incorrigible sentimentale de la babiole. Rien qu'à la vue des étagères de la bibliothèque Billy devant ma table de travail, je me sens comme le Gulliver de mon enfance entravé par la horde de Lilliputiens.

Posé contre les livres s'accumule un charmant foutoir d'inutiles qui sont autant de souvenirs auxquels je suis très attachée. Un coquillage par-ci, une maison tirelire au toit de guingois pétrie par Merry pour la fête des mères par-là ; un bois flotté à côté d'une petite sculpture qui m'avait fait de l'œil à Portobello Road ; une main en cuivre, cadeau de ma marraine, qui maintenait une petite étagère en verre que j'ai cassée – elle ne sert donc plus à rien mais je l'ai gardée pour la beauté de son geste. Un flacon en opaline poudrée où est inscrit « Le rose de Nicole Groult » festonné de noir, rescapé d'un ensemble de toilette créé par mon grand-père pour la coiffeuse de sa femme, son col est ébréché mais à lui seul il m'évoque leur appartement de la rue de Bellechasse ; une plaque de cuivre façon cabinet médical gravée « Flora Groult paysagiste de l'âme », cadeau d'un soupirant de Mummy jeune fille, longtemps je l'ai trouvée ridicule, aujourd'hui elle me touche ; trois petits chiens culcul la praline, des King Charles en porcelaine que je n'ai jamais réussi à égarer, ils me rappellent l'Angleterre… Autant de petits cailloux qui pèsent leur poids du passé.

D'autant que dans cette farandole à la Prévert sont coincés cartons et photos parfois écornées qui ne datent pas d'hier, que j'aime caresser du regard. Melchior dans les bras de Mahot le jour de sa naissance, Melchior dans les bras de la mère de Mahot le jour de son baptême, Mummy sur le canapé de la bibliothèque du quai Voltaire avec le dalmatien de notre enfance à ses pieds pour la sortie d'un de ses romans ; Penelope et ses frères et sœur de notre famille recomposée entourant leurs grand-mères lors d'un anniversaire ; une photo d'identité de mon bel Éloi à deux ans pour son premier passeport, une autre d'Adrien tout doré debout sur une table lors de nos vacances à Porquerolles avec mon père qui lui sourit, Merry fêtant son passage en 6e sur le pont des Arts et une toute petite à bord dentelé de ma grand-mère anglaise en pantalon sur une plage. Mais aussi une carte de vœux de *Point de Vue* dessinée par Karl Lagerfeld où un dandy en short boxe avec le logo du journal dont quelqu'un avait chouravé l'original – pendant mes dix années au journal, chaque année le roi Karl m'a fait le cadeau de son coup de crayons pastel qui nous enchantait, un vrai privilège. Mais encore un tirage de travail de Raymond Depardon où j'arpente le bush au côté d'une femme ndébélé.

C'était en juillet 1993. Nelson Mandela nous avait fait l'honneur d'accepter d'être le rédacteur en chef du traditionnel numéro de Noël de *Vogue*. La veille, dans le hall de l'hôtel à Johannesburg, j'avais rencontré Depardon lui aussi en reportage. Et nous voilà partis, intimidés et impressionnés, à mon premier rendez-vous dans les bureaux de l'ANC pour établir la liste des sujets que Mandela aimerait évoquer et des personnalités qu'il souhaitait voir collaborer au numéro. S'y ajoute une autre photo avec celui qu'on appelait aussi Madiba alors en pleine campagne pour l'élection présidentielle, deux mois plus tard à Cape Town, où nous sommes attablés à 6 heures du matin avec l'équipe de *Vogue*, Alexandre Adler et Brigitte Paulino-Neto en tête, pour lui soumettre les pages élaborées sous sa directive, faire l'interview et prendre note de ses légendes et commentaires. Puis lors de sa visite à Paris, en octobre, pour signer les bons à tirer alors qu'il venait d'apprendre que le prix Nobel de la Paix lui avait été décerné ainsi qu'à de Klerk, son ancien ennemi qui avait mis fin à l'Apartheid. Un peu plus loin, nous sommes avec Jean Poniatowski, le directeur du journal, qui m'avait soutenue dès le début dans ce projet inattendu voire choquant pour certains. « Un Noir, révolutionnaire, communiste en couverture de *Vogue* ? » avait rétorqué un joaillier renommé à Brigitte Bury qui le démarchait pour mettre sa pub dans notre numéro, il n'a pas été le seul à refuser… Ce qui m'a valu, passé le délai « diplomatique » de la bienséance, d'être tout simplement

« remerciée ». En d'autres mots, virée. Sans regret. Je suis fière d'avoir donné de mon temps et mis le talent des équipes de *Vogue* au service de cet homme immense dans tous les sens du terme au regard si doux et aux mains si chaudes.

L'année précédente, pour ce même numéro de Noël, c'était le Dalaï Lama qui avait accepté de jouer le jeu. Il nous avait reçus à Dharamsala et hébergés dans le « Cachemire Cottage », la petite maison de sa mère perchée dans les contreforts de l'Himalaya avec une vue sublime sur la vallée. On était en pleine saison de la mousson, j'étais enceinte de sept mois de Melchior. Je ne savais pas encore que c'était lui, mais le Dalaï Lama me l'avait prédit en imposant ses mains sur mon ventre : « *It's a boy.* » Et du coup, pour mémoire, Melchior a eu droit, parmi ses prénoms, à celui de Gyatso, en hommage au premier Lama. La route était étroite et malaisée pour y arriver, on a même fini à pied sous des trombes de pluie tiède avec tout notre matériel, la Mercedes de location ne passait pas. Il n'y avait pas d'hôpital à la ronde, ce n'était pas raisonnable « dans mon état » et à mon âge mais Mahot, mon mari, était là aussi, et je me sentais protégée et par l'un et par l'autre.

C'est grâce à Nicholas Vreeland, le grand ami de Mahot, devenu moine et aujourd'hui abbé d'un monastère en Inde, que j'avais pu rencontrer Sa

Sainteté à Salzbourg pour le convaincre d'accepter d'être notre rédacteur en chef exceptionnel. Il m'avait alors répondu en souriant « *come, come to Dharamsala* » avant d'ajouter : « Venez avec cent questions. » Impossible de manquer cette extraordinaire invitation ni de poser des questions bateau. On a tous beaucoup travaillé, je ne connaissais rien au bouddhisme tibétain, pas grand-chose non plus à la situation avec la Chine, mais Adler était là pour verrouiller l'aspect historique et politique. Quand on a eu fini l'interview, après cinq jours d'audience tous les matins, je lui ai demandé : « Mais Votre Sainteté, pourquoi cent questions ? » Et dans un grand éclat de rire, il m'a répondu de sa voix feutrée de chanteur de blues : « Oh, mais c'était une blague ! » Autant de souvenirs de moments de grâce qui me reviennent rien qu'en regardant la photo de notre équipe entourant le Dalaï Lama sur le parvis de sa maison.

Avant de pouvoir s'attaquer à la suite, il faudrait déjà que je sois capable de me séparer de ces traces, de ces instants si précieux, de tout retirer de mes étagères pour entamer ce grand nettoyage de printemps dont je rêve. Même si ce n'est pas l'été qui s'annonce, il s'agit bien d'une nouvelle saison de ma vie. Mais pour les mettre où ? Dans des cartons à la cave ou des boîtes à chaussures qui iraient rejoindre la pile de celles qui sont entassées sous la table de la loggia, quarante-cinq années de photos que je n'ai jamais collées dans un album – bien m'en a pris quand j'ai changé de vie. S'il avait en plus fallu se déchirer pour ça ! Du coup, pour chacun de mes enfants, j'ai pris un grand plaisir à confectionner le leur dans ces cahiers moleskine noire, je m'arrête à vingt et un ans, avec découpages, collages et commentaires, un jeu initié par ma grand-mère française dévoreuse de magazines de mode qui m'a appris cet « art » des papiers collés. Celui de Melchior est encore à la traîne…

Ça vient, mon cœur, là aussi je vais avoir le temps de.

Au-delà de ce qui se voit, ce qui est caché me rappelle encore à l'ordre. Ainsi dans les placards de la cuisine, entre les assiettes de ma mère elle aussi atteinte du syndrome de la collectionneuse, les services et verres si joliment classiques de ma belle-mère dont je n'ai plus vraiment l'usage, ni mes enfants pour l'instant. Un jour, à leur tour, je n'en doute pas, les objets joueront leur rôle de raviveurs de souvenirs. Mais entre-temps ?

D'autant que. Serait-ce là encore lié à mon aujourd'hui ? J'ai moins envie du rôle de la maîtresse de maison parfaite. J'ai aimé, j'ai beaucoup donné, mais cela m'a passé. Dorénavant, je me fous un peu de ce jeu des apparences ou plus exactement, pour dire la vérité, dans la série je change/

tout change, j'ai opté pour un couvert minimal d'inspiration japonaise, ce qui m'a valu d'acquérir de nouveaux dessous, assiettes, verres, serviettes... On ne se refait pas.

Quant à mes armoires, là aussi j'aimerais élaguer pour que mes vêtements puissent enfin respirer sur leurs cintres au lieu d'être collés les uns aux autres sans plus jamais voir le jour pour la majorité d'entre eux. Fini mon époque tailleurs à toute heure, j'ai laissé tomber la veste épaulée mais je les ai gardées. Hors jeu ma collection de chemises blanches pour la télé, je les ai pliées en attendant l'été. Dépassées mes tenues pour aller du journal à un dîner, les soirs où j'étais de sortie, et les escarpins à talons – je vis à 90 % à plat – pour les accompagner, autant de trophées d'un long parcours dans les allées de la mode.

Régulièrement, je fais un tour de mes placards. Sans résultat notoire. En général, après avoir hésité et parfois même essayé une énième fois ce manteau années cinquante en shantung crème ou cette robe de Yohji Yamamoto ou ce cardigan cadeau de la fidèle et joyeuse équipe du service de presse de Chanel, je me dis on ne sait jamais, un jour peut-être ? Ma fille, ma nièce, mes potentielles belles-filles, qui sait ? J'ai eu un plaisir ému à retrouver les twin-sets, sacs et foulards de ma mère dans le fond de ses tiroirs. Alors, après le désordre de mes essayages, chacun retrouve son cintre et son voisin de placard. Le rêve serait de parvenir à m'en défaire pour atteindre une forme d'ascèse. Non pas que je me sente prête à faire vœu de chasteté vestimentaire, la retraite n'impose pas une entrée au couvent, mais juste d'arriver à un vestiaire où chacun serait ni tout à fait le même ni tout à fait un autre mais adapté à mon air du temps.

Pour tout dire, cette envie de légèreté, de vide et de fluidité serait une première étape qui masque un autre fantasme. Celui d'un endroit que j'appelle déjà ma « *shoebox* » – en référence à ces minuscules jardins dits *gardenbox* au pied de certaines maisons, à Tokyo où le mètre carré est compté. Ce serait ma « boîte à chaussures », où poser mes deux pieds dont l'intérieur serait conçu comme celui d'un bateau et la cuisine comme celle des avions ou, mieux encore, la cabane de Le Corbusier dans le Sud, avec le strict minimum. Un grand lit, quatre chaises, une table, un placard... Dès que je l'aurai trouvé, je bougerai. Et pour éviter la solution garde-meuble ou stand dans une brocante, une fois que les enfants auront fait leur choix, j'emmènerai tout à la campagne. Je sais, cela s'appelle « déplacer le problème ». Mais parfois il faut faire une pause quand la route est encore longue. D'ailleurs ce voyage autour de ma maison m'a réconciliée avec elle.

Tant qu'on est encore ensemble, restons-en là.

21.

J'ai une vie derrière moi

mais la vie devant moi

C'est récent, fugace et délicieux. En marchant dans la rue pour aller voir une exposition, retrouver Merry, ma fille, pour déjeuner ou des amis devant le cinéma, acheter le pain au pavot à la bonne boulangerie au lieu de celle du coin ou attendre mon bus, il m'arrive de me sentir légère comme une étudiante qui viendrait d'empocher son diplôme avec cette impression d'enfin m'appartenir et mon avenir avec.

C'est du moins ce que j'imagine, je suis bac moins 5 donc pas passée par là, mais j'éprouve ce sentiment de liberté doublé de la sensation d'une sorte de printemps inattendu où je bourgeonnerais de tous les possibles et je me sens comme ces rosiers remontants qui s'offrent une nouvelle floraison. D'accord, c'est un peu gnangnan mais c'est mon côté jardinière mains dans la terre qui reprend le dessus. D'ailleurs de voir mon potager à toutes les saisons et non plus au cœur du mois d'août quand le soleil a tout bouffé, de pouvoir croquer mes salades, brocolis, figues ou abricots – et non pas avoir pour seule satisfaction de savoir que cette année « on a eu plein de tomates » qui me sont passées sous le nez – est un des délicieux bonheurs de ma vie d'aujourd'hui.

Et ce n'est pas le seul.

Me réveiller tôt, sans fanfare et l'œil frais, c'est déjà cadeau après tant de matins à m'extirper.

Descendre au café du coin vers 10 heures pour lire *Le Parisien* – s'il est déjà en main, j'attends sans impatience, ça aussi c'est nouveau – avec mon second petit serré en hésitant à prendre ou non un croissant. D'accord, il faudrait éviter tout ce qui fait des miettes – pains, viennoiseries, chips, biscuits… –, c'est la règle numéro un du régime top model, essayez, vous verrez, ça marche avec un peu de discipline et sans trop d'efforts. Mais en terrasse avec un joli rayon de soleil, reconnaissez qu'il serait dommage de se priver de ce petit plaisir du jour pour « rentrer » dans ma jupe – ce dont je me moque, enfin pas complètement, mais juste assez pour me l'accorder.

C'est un autre des cadeaux de ma nouvelle vie, je n'ai pas besoin de me serrer la ceinture pour être à la hauteur de mes ambitions.

Sauter sur ma trottinette pour filer rue Delambre direction ce cher M. Kermorvant qui me scalpe avec maestria mes fines *scallopines* de veau à l'italienne en prévision de notre rituel dîner du dimanche soir avec « les enfants » est un plaisir qui me réjouit et me fait déjà saliver.

Petite, j'avais une patinette rouge pompier à pédale, mon père me l'avait rapportée d'Angleterre pour mes six ans. Je l'adorais. Quasi pile soixante ans plus tard, mon fiancé m'a fait la surprise de m'en commander une noire mat sur Internet et j'ai retrouvé cette sensation réjouissante de fendre le vent en me poussant du pied. En plus elle est « formid' », comme on disait dans les années yéyé. Grâce à ses larges roues je peux charger son guidon de mes sacs de courses façon selle de mule sans trop de risques de basculer et de me ramasser sur le trottoir. Cela fait sourire mes copains que je croise parfois attablés à la terrasse de La Rotonde ou du Sélect lisant leur *Journal du Dimanche*.

— Est-ce bien raisonnable ? s'étonnent-ils ; et j'entends « à ton âge ? ».

Ben oui ! Sachant que dans la série vélo, moto, chevaux et autres montures qui s'enfourchent, passé un cap si on en redescend, c'est à jamais.

Benoîte qui à plus de quatre-vingt-dix ans se rendait encore à vélo chez Grasset provoquait l'effroi de son éditeur à la veille de la parution de son dernier roman, *La Touche étoile*, sur le droit à mourir dans la dignité. Alors qu'on s'inquiétait de la savoir en selle dans les rues de Paris, elle nous répliquait : « Le jour où tu hésites, c'est foutu ! » Aussi, même si j'ai encore de la marge, qu'il pleuve ou qu'il vente, je m'en tiens à son mantra. Alors « tut tut ! Ciao, à la semaine prochaine ! » Et je passe mon chemin. Oui, je sais, le col du fémur… Même si je frime, je fais ultra gaffe.

Quand je remonte le boulevard Raspail vers la maison, je fais toujours un stop pour acheter *Le Canard enchaîné* et/ou *Libé*, en papivore insatiable les alertes sur mon téléphone me laissent sur ma faim, j'aime et l'odeur et la sensation du papier. J'en profite pour faire le tour des Unes des magazines et demander au sympathique kiosquier de mes matins blêmes du temps où je prenais mon métro à Notre-Dame-de-Lorette pour aller au bureau si le *Point de Vue* de cette semaine se vend bien et comment marche la concurrence. Un réflexe de mes quarante ans dans la presse qui ne m'a pas lâchée, ce n'est pas parce que j'ai quitté le journal que j'ai coupé les ponts avec mes passions.

C'est une chance d'avoir une vie derrière soi avec ses bonheurs, surprises, succès ou déceptions.

À condition de ne pas perdre ses jours d'après à se retourner pour faire le relevé des plus et des moins. Surtout les moins, on ne peut rien y changer. Mieux vaut apprendre à composer avec son passé pour conjuguer au présent les verbes aimer, rencontrer, recommencer, partager, découvrir, oser. Surtout oser. Se lancer. Essayer. Changer de vie. Tourner la page. Sauter le pas et se permettre d'aller de l'avant pour ne pas se gâcher l'instant en anticipant le moins bien.

Le temps est compté, je le sais. Au point parfois de me surprendre à faire des calculs que j'ose à peine avouer. En parcourant les annonces de la rubrique Deuils du Carnet du Jour du *Monde* ou du *Figaro*, je regarde toujours l'âge du regretté défunt. Je ne parle pas de ceux dont la disparition me touche mais de ceux que je ne connais pas. C'est moche mais quand ils sont beaucoup plus âgés que moi, cela me rassure, je me dis qu'ils ont eu une longue vie et que j'ai de la marge. Quand on nage dans les mêmes eaux, je me réjouis d'être encore là. Et quand il ou elle a pile mon chiffre, je me serine : « Ne te gâche pas ces jours précieux avec des plaintes ou des regrets. » Car j'ai beau me dire que je n'y pense pas, c'est faux, j'y pense à la question du temps, celui qui passe, celui qui reste.

Demain sera un autre jour, c'est écrit. Il n'y a donc « pas de quoi en faire tout un plat » comme me morigénait Mummy quand je geignais « pour rien ».

Reste que. Parfois, pas tout le temps heureusement, quand j'entends à la radio des experts du climat parler de 2020, je me surprends à me dire « ça va, dans quatre ans, *a priori*, c'est bon ». Mais quand ils annoncent que le réchauffement climatique sera à son paroxysme en 2040, là, c'est moins sûr et d'ailleurs, je préfère. L'idée d'être assignée à la case Vigilance Canicule pour cause de risque de déshydratation ne me fait pas rire du tout. Pour moi et pour mes enfants, si j'avais mon mot à dire et encore tous mes réflexes de survie, je préférerais partir vite et debout. Ces reportages à la télévision lors d'anniversaires de « super centenaires », selon le terme des démographes, à qui l'on parle comme à un bébé en soufflant les bougies à leur place ne me fait pas non plus rêver, au contraire, ça me gêne. Après une si longue vie, retourner à la case départ pour se faire nourrir à la petite cuillère, non merci ! Et puis, qu'est-ce qu'ils ont tous, ces chercheurs et ces généticiens, à prédire et à œuvrer pour que la future génération dépasse les cent ans ! Avec ce que cela impose comme parcours du combattant – entre les ne pas fumer, ne pas boire et tous les autres « ne pas, ne plus » doublés de cette obsession hygiéniste pour en arriver là. Mais ce doit être une histoire de génération pour le coup et peut-être suis-je déjà trop « vieille » pour me sentir concernée.

À vingt, trente, quarante et jusqu'à la veille de mes cinquante ans et à nouveau dès le lendemain, à soixante aussi – même si j'ai mis un peu plus de temps à me remettre de ma gueule de bois d'avoir fêté ce cap-là –, je n'avais aucune notion d'hier ou d'avant. Pas plus de demain ou de l'après sauf pour mes enfants, leurs études, leurs amours, leurs choix de vie. J'étais dans l'instant présent à temps plein, m'aveuglant parfois mais convaincue que tout serait toujours possible. C'est naïf mais porteur. Jusqu'à ce jour de ma retraite que je n'avais pas non plus complètement envisagé même si j'avais devancé l'appel côté administratif. Pas plus que j'avais vraiment pensé à mon « avenir » façon météo en prévoyant chandails ou imper, tongs, chaussettes et chapeau pour faire face au soleil comme aux intempéries. Je suis arrivée quasi à poil, vierge d'a priori mais prête à être initiée. Et d'ailleurs, côté barda j'ai encore du boulot pour voyager léger. D'autant que voilà quelque chose qui a vraiment changé, je ne supporte plus de traîner une valise trop lourde de peut-être – ah si je prenais aussi cette chemise blanche et mon maillot noir, et puis mes sandales Roger Vivier pour le soir, on ne sait jamais – mais je n'ai pas encore réussi à me discipliner pour n'emporter que mes essentiels. C'est tout un art du paquetage pour ne pas s'encombrer d'inutiles qu'il me faut encore apprendre.

Je n'avais pas non plus mesuré l'impact déstabilisant des jours d'après. J'aurais dû/pu programmer un peu plus, cela m'aurait évité quelques déconvenues mais, passé la période de turbulences inévitables – celles et ceux qui l'ont vécu le savent, après les rires et les larmes du pot de départ, ça secoue pas mal au décollage, mieux vaut garder sa ceinture attachée pour ne pas valser aux prises avec les cumulonimbus du quotidien –, j'ai remis mes pendules à l'heure de cette nouvelle saison dans laquelle, comme des centaines de milliers de baby-boomers chaque année, j'étais entrée vent arrière. Et j'ai enfin trouvé ma vitesse de croisière pour profiter du paysage et découvrir de nouvelles contrées.

Longtemps, j'ai affirmé n'avoir ni vie intérieure ni mémoire. Ne pas me souvenir ne me manquait pas et je dirais même plus, en faraude que j'étais, je le revendiquais en crânant. J'avais mis un veto sur avant en ne gardant que le côté flatteur de l'anecdotique – le père anglais, la mère écrivaine, le chien à pois noir, les voitures américaines dorées et tout le tintouin excentrique –, négligeant, niant même les remous souterrains aux eaux plus ou moins troubles. Et puis là, patatras ! À revenir sur avant pour aller de l'avant, j'ai réalisé que le passé prenait une place folle dans mon disque dur. Que souvent quand je parlais du présent, je repartais sur hier. Que j'avais une vie derrière moi intense et fructueuse. Riche et heureuse avec son lot de mauvaises surprises aussi, il ne faut pas demander l'impossible, que du bonheur ce serait la banaliser. Et surtout que j'ai aussi une vie devant moi.

Et m'y voilà.

À l'âge que j'ai aujourd'hui, j'ose croire que mes jours et mes nuits m'appartiennent.

À l'âge que j'ai aujourd'hui, mes enfants mes amours sont des adultes qui mènent leur vie pour le meilleur selon leur choix et leurs désirs.

À l'âge que j'ai aujourd'hui, je suis – enfin ! me direz-vous, toutes mes amies le sont déjà ! – mûre pour être grand-mère.

À l'âge que j'ai aujourd'hui j'ai appris qu'il n'y avait pas d'âge pour se sentir jeune. Et j'ai ce sentiment improbable mais réjouissant d'avoir la vie devant moi.

Quand avec celui que j'appelais un peu pompeusement « mon amant de l'âme » – en fait mon analyste – nous sommes convenu de mettre fin à notre relation et qu'après douze et quelques années j'ai enfin pu lui parler en le regardant dans les yeux, très émue, je lui ai rappelé en souriant que, malgré nos efforts mutuels, la seule chose qui n'avait pas changé au-delà du fait que je n'avais pas arrêté de fumer, c'était que je ne conduisais toujours pas. Ce à quoi il m'a répondu de sa belle voix grave : « Mais vous pouvez encore le passer, votre permis ! ».

Ce soir-là, en sortant de chez lui pour la dernière fois, je me suis dit : « Demain, tu files à l'auto-école du coin. » C'est vrai, il n'y a pas d'âge pour apprendre. Pas d'âge non plus pour mener sa vie selon ses rêves. Quitte à devoir changer de vitesse. Alors, roulez vieillesse !

22.

Et pour finir

Mon tri sélectif

Ce qui est mieux

C'est maintenant ou jamais et on le sait.

On se fout un peu plus de tout.

On se moque du qu'en-dira-t-on.

Ne plus être vierge dans tous les sens du terme.

Faire l'amour sans avoir peur de tomber enceinte.

Plus de Tampax qui traîne au fond du sac et moins de poils aux jambes.

Le prix de la place de ciné et les billets d'avion moins chers, on n'est plus obligé de partir ou revenir en même temps que tout le monde.

L'amitié. Si on s'aime encore, c'est vraiment pour la vie.

On fait ce qui nous plaît, on voit qui nous plaît et on évite les autres sans regret.

Être payée pour ne rien faire parce qu'on a fait pendant quarante ans.

Ce qu'il faut apprendre

À tout noter pour ne pas oublier.

À sourire quand une femme vous laisse sa place dans le bus ou quand un jeune homme vous appelle « madame »… Même si ça fout un coup la première fois et les suivantes.

À ne pas reculer devant coloscopie, mammographie et tutti quanti, c'est trop bête de prendre le risque. *Idem*, se faire vacciner contre la grippe. Et penser à vérifier le contrat de sa mutuelle.

À plier les genoux pour se baisser.

À faire gaffe aux marches pour retarder le moment où il faudra changer de rotule.

À emprunter les escaliers plutôt que l'ascenseur quand on n'a pas de paquets, on a beau le savoir, on flanche.

À porter ses valises tant qu'on peut, quitte à voyager plus léger.

À laisser nos enfants nous aider en prévision du quand on ne pourra plus.

À mettre une croix sur les jeans moulants et les talons aiguilles, à vouloir faire jeune on a l'air vieille.

À profiter de chaque instant sans se retourner, vient le moment où il ne repasse plus.

Ce qui a changé

J'étais du soir, je suis du matin.

Mes fesses.

Je n'aime plus Noël. Ni les chevaux.

J'aime les oignons frais dans la salade.

La mode, je m'en tape.

Après Marcel, je ne veux plus de chat.

Ce qui n'a pas changé

La première fois. Malgré les amours et les ans.

Je n'aime pas l'ail ou plutôt il ne m'aime pas, et je ne peux même pas regarder des rognons.

Enfant, quai Voltaire, j'étais fascinée par Karl Lagerfeld. C'est toujours vrai, mais plus pour les mêmes raisons.

Je déteste le goût des oignons frits.

Ma douche écossaise du matin.

Je ne sais toujours pas plonger. J'aime la mer de loin, pas dessus ni dedans.

Ce qui est barbe

Passer son temps à dire :

« Où est mon téléphone ? Où sont mes lunettes ? »

« On se connaît mais d'où ? »

Le poil blanc dans un sourcil. Impossible à attraper sans lunettes, impossible à épiler avec.

La peur de tomber en sortant de sa douche ou en courant pour attraper le bus.

Ce qu'il ne faut pas oublier

Le jet glacé en douche finale. Pour les artères mais les seins aussi et tout le tintouin.

Faire son testament. Quitte à le refaire.

Adhérer au droit à mourir dans la dignité et en parler à ses enfants quand on va encore bien pour qu'ils soient sereins le moment venu.

Leur rappeler que oui, je souhaite être incinérée, mais si vous ne retournez pas chercher l'urne, ce n'est pas grave. Ne vous faites ni reproches ni regrets. Et répandez mes cendres si vous préférez. Mais pas dans la mer…

Trier ses papiers. Jeter ses lettres d'amour en évitant de les relire, c'est souvent plus tarte que touchant. Pas le peine de se gâcher l'histoire. Ni son passé.

Passer par la carte Senior si ce n'est déjà fait.

Faire dix minutes d'abdos et s'étirer tous les jours.

Ce qu'il faut s'interdire

Les bilans. C'est trop tard, ce qu'on n'a pas fait, on ne pouvait pas le faire.

Se plaindre ou ressasser, c'est une telle chance d'être encore là.

Dire « à mon époque », « de mon temps », « autrefois », « de nos jours ». Notre époque, c'est aujourd'hui et c'est maintenant.

Croire que les gens peuvent changer.

Le mot senior, on n'est pas une pub ambulante. Ni un produit marketing.

Dire quinqua, sexa, etc., pour faire « jeune ». On ne gagne rien à raccourcir les mots.

Acheter un énième col roulé noir ou encore une chemise blanche, j'ai de quoi tenir jusqu'à ma mort.

Se sentir larguée. On a le droit de ne pas tweeter ou d'ignorer qui est la dernière miss et autres ringardises.

Se vivre en veuve même si on l'est, il y a une vie après la mort.

Boire une tisane le soir pour éviter d'avoir à se relever à 4 heures du matin. Ça marche aussi pour le dernier verre de vin.

Avouer. Même trente ans plus tard. Pas la peine de gâcher le temps qui reste.

Porter des jupes au-dessus du genou même avec des collants opaques, il y a un âge pour tout.

Ranger son vélo, son bateau ou ses clubs de golf. Ce qu'on ne fait plus on ne le fera plus.

Ce qui est moins bien

De le penser même si…

Le moment où il faut se déshabiller.

Ne pas savoir faire marcher la télé sans l'aide d'un de mes fils pour reprogrammer la télécommande.

La peau en ailes de chauve-souris à l'intérieur des bras, des heures d'haltères et d'élastique n'y changeront plus rien.

Moi dans mon jean 501.

Repérer le numéro de son train sur le tableau d'affichage. Même avec ses lunettes.

L'effet gym. Là encore, quoi qu'on fasse… mais faut quand même s'y tenir.

Ce que je regrette

Ma première cigarette.

Les Gitanes papier maïs.

Mon insouciance.

De n'avoir jamais posé de questions sur sa guerre à mon père.

D'avoir arrêté le piano, d'avoir permis à Merry d'arrêter le piano. De ne pas avoir obligé Melchior à apprendre à jouer du piano, aujourd'hui il me le reproche.

Ce que je ne regrette pas

Mes taches sur les mains.

D'avoir moins de fric, j'y ai beaucoup gagné.

D'être délestée de mes certitudes et du jeu des apparences.

D'avoir eu mes enfants tôt et tard.

Mes petits seins.

Les faux amis.

D'avoir appris la solitude.

Ce que je ne ferai plus

M'acheter un string.

Porter robes décolletées ou débardeurs. Avant je n'osais pas, maintenant je ne peux pas.

Me priver par timidité de mon bikini en Vichy rose de la boutique Vachon, cadeau de ma mère, je me trouvais moche.

Vivre au-dessus de mes moyens sans penser au jour où je n'en aurai plus les moyens.

Me marier. Même s'il ne faut jurer de rien.

Ce que j'aurais dû faire

Passer mon permis de conduire à dix-huit ans au lieu de m'engueuler avec mon père.

Acheter au lieu de louer.

Ne pas revendre cet atelier que j'aimais tant sous prétexte qu'il était lié à mon ancienne vie, j'y serai merveilleusement bien mais je ne veux pas de regret donc oublions.

Ce que je vais enfin faire

Lire Proust.

Apprendre mon code pour passer mon permis de conduire.

Me remettre au piano.

Ce qu'il faut savoir

Il n'est jamais trop tard…
Pour apprendre à nager
Pour reprendre des études
Pour avoir un coup de foudre
Pour changer de vie
Pour garder ses cheveux blancs.

Ce que je referais

L'amour.
Mes quatre enfants.
Mes douze ans d'analyse.
Mon jardin.

Remerciements

Une brassée de mercis à Éloi, Adrien, Merry, Melchior sans qui la vie ne serait pas aussi belle. Et aussi à Zoé et Simon pour notre esprit de famille, et à Vanessa pour nos souvenirs d'enfance. À Anne Chabrol pour ma rencontre avec Isabelle Laffont qui m'a ouvert sa porte et prêté son œil d'experte. À Blandine de Caunes à plus d'un titre. À Anne Pidoux et son bienveillant coup de crayon rouge. À Hélène Tran qui a l'art de croquer la vie, pour sa plume complice, et à Jaci Judelson, Anne Rogier, Irène Silvagni, Anne Vellay, Dominique Vellay qui se sont aussi tapé mes lectures à haute voix. À François Gantheret qui sait pourquoi. À Mathieu Carrière pour lui et plus encore. Et à Mahot.

Table

CET OUVRAGE A ÉTÉ COMPOSÉ
PAR NORD COMPO
ET ACHEVÉ D'IMPRIMER
PAR CPI BUSSIÈRE
POUR LE COMPTE DES
ÉDITIONS J.-C. LATTÈS
17 RUE JACOB – 75006 PARIS
EN JANVIER 2016

N° d'édition : 03 – N° d'impression : 2021002
Dépôt légal : janvier 2016
Imprimé en France